皇冠50週年 嚴選50

閱讀是一趟心靈的旅程，
帶我遊走在讀書的幸福時光裡。
悲傷和孤寂的日子，閱讀給了我慰藉。
尋常日子裡，閱讀給了我智慧和歡樂。
能夠讀書和識字，原來是多麼大的福氣。
書不是我的情人，情人也許會各奔天涯，
書是與我廝守的伴侶，
陪我看遍人間的風光。

張小嫻

愛情讓我們愛上自己、
懷疑自己、
恨自己、
憐憫自己，
也了解自己。
它讓我們深入去探究自身最遙遠
也最親近的內陸。

張小嫻

情人無淚

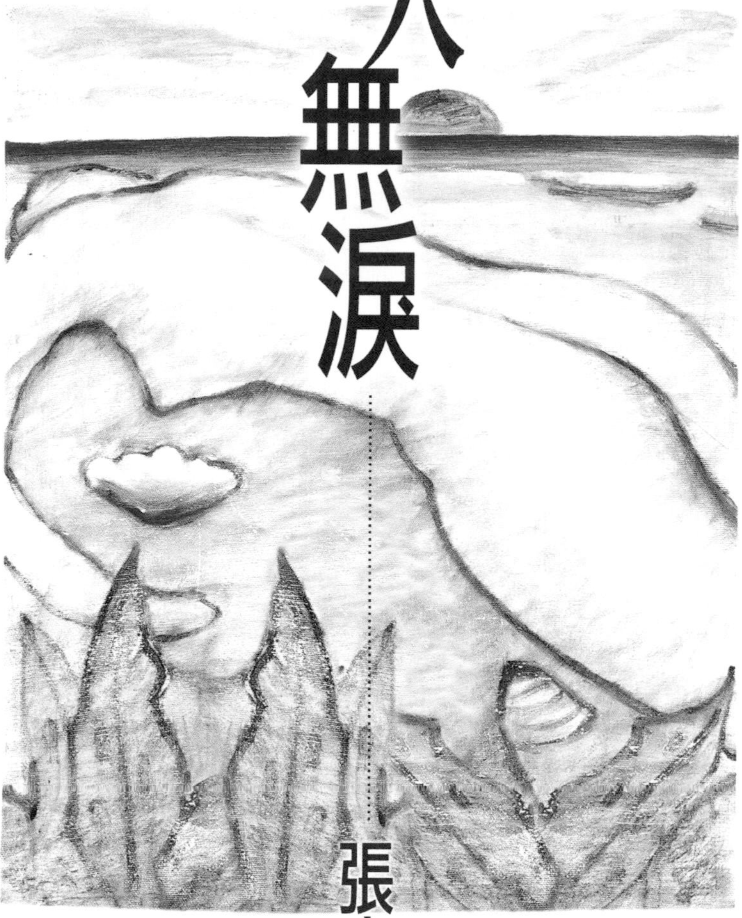

張小嫻

profile

小嫻私檔案

■**出生、個性**：廣東省開平縣人，生於香港，思想早熟，身體較晚熟。讀書時好打抱不平，長大後始知言多必失，埋頭寫作。

■**經歷**：曾任電視台編劇及行政人員，亦曾編寫電影劇本，可惜屢屢遇人不淑，被騙稿酬。幸而在愛情路上比較精明，多數是對方遇人不淑。

■**喜歡的生活**：嬰兒一樣的生活——睡覺、吃東西、喝牛奶、被人抱著、被人遷就、不用擔心體重、不用工作、可以隨時隨地大笑和大哭、沒有憂傷、沒有牽掛……這是她曾經擁有而又永不復返的生活。

■**喜歡的飲料**：雖然喜歡喝香檳，但是很快就會醉。她最喜歡喝煲湯，可惜獨居的她一直找不到一個擅長煲湯的人。

■**喜歡看別人身上哪個地方**：她喜歡看人家的眼睛。她喜歡清澈明亮的眼睛。

■**害怕的事**：失戀。

■**害怕聽到的一句話**：『我不愛你了。』

■**座右銘**：人生根本不需要有甚麼座右銘。

■**半信半疑的事**：男人的承諾。

CONTENTS

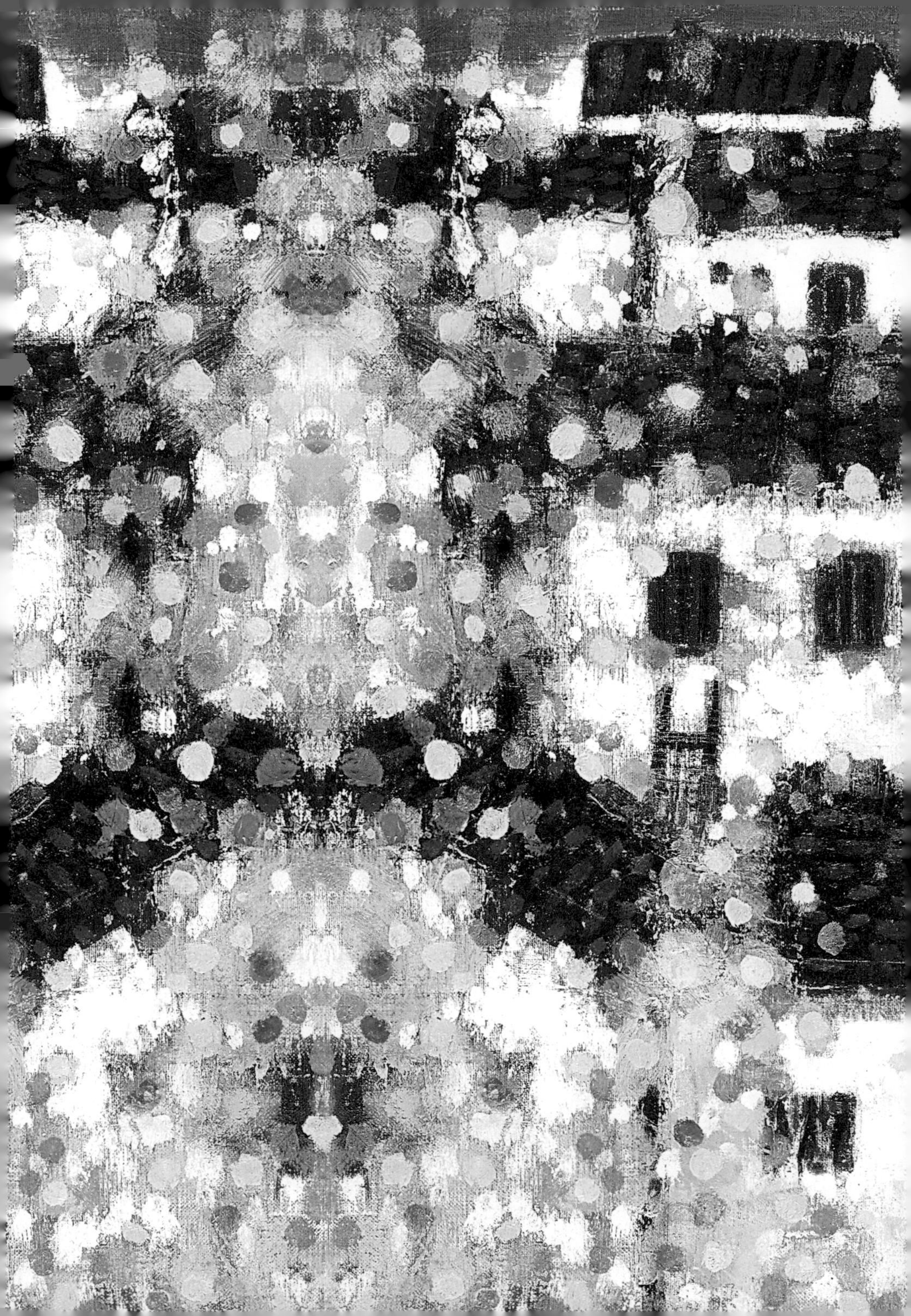

1

chapter

花開的時節

1

醫院七樓眼科病房裡慘綠蒼白的燈光已經暗了。徐宏志來到的時候，臂彎裡夾著一本薄薄的書。連續三十小時不眠不休的工作，使他的肩膀下垂，一隻腳上的鞋帶不知甚麼時候鬆了，拖在地上，陪他穿過幽暗的長廊，朝最後一間病房走去，那裡還有光。

門推開了，一個約莫十歲的女孩靠在床上，兩條青白細長的胳膊露在被子外面。從聽到走廊上的腳步聲開始，女孩的臉就因爲期待而閃耀著一種童眞的興奮。

『醫生，你來了？』她的眼睛朝向門口。

『對不起，我來晚了，今天比較忙。』徐宏志走進來，拉了一把椅子靠著床邊坐下，把床頭的燈擰亮了一些。

『我們快點開始吧！』女孩催促道，又稚氣地提醒他：『昨天讀到牧羊少年跟自己內心對話的那一段。醫生，你快點讀下去啊！我想知道他找到寶藏沒有。』

這時候，女孩伸手在床上找她的絨毛小熊。她的眼睛是看不見的，瞳孔上有一片清晰的白點，像白灰水似的，矇矓了她的視線。

徐宏志彎下身去，把掉在地上的絨毛小熊拾起來，放到女孩懷裡。

女孩把小熊抱到心頭。聽書的時候，她喜歡抱著它，睡覺的時候也是。雖然它胸口的毛幾乎掉光，大腿上又有一塊補釘，她仍是那樣愛它。它從她三歲那天起就陪著她，它愈老，她愈覺得它就跟她一樣可憐。

徐宏志打開帶來的一本書，那是保羅．科爾賀的《牧羊少年奇幻之旅》。自從女孩進了醫院之後，他給她讀了好幾本書：娥蘇拉．勒瑰恩的《地海孤雛》和《地海巫師》，還有傑克．倫敦的《野性的呼喚》。女孩是個討人歡喜的小姑娘，大部分時間都很安靜，只有在聽到書中一些緊張的情節時，會發出低聲的驚呼。

女孩喜歡書。一天，徐宏志來看她的時候，她正在聽一本有聲書。那本書，她已經重複聽過很多遍，幾乎會背了。他們聊到書，女孩大著膽子問：

『醫生，你可以讀書給我聽嗎？』

他無法拒絕那雙可憐兮兮的眼睛。女孩是由孤兒院送來的。兩歲的時候，她發了一場高燒，導致眼球的透明晶體混濁了，眼睛長出兩塊奪去她視力的白內障，從此只能看到光和影。她的父母狠心把她遺棄。女孩是由修女帶大的，身上散發著一種來自修道院的清靜氣息。那個讀書的請求，也就添了幾分令人動容的哀悽。

2

那天以後，他每天來到女孩的床前，為她讀書。起初的確有點困難，他要在繁重的工作中儘量擠出一點時間來。有好多次，他的眼睛都幾乎睜不開了。然而，女孩聽他讀書時那個幸福和投入的神情鼓舞了他。

他選的書都是他以前讀過的。《牧羊少年奇幻之旅》是他十五歲那年在母親的書架上發現的。幾年之後，他再一次讀這本書。那一次，他並沒有讀完。

多少年了，他沒想過自己會有勇氣再拿起這本書。

漸漸地，他開始期待每天來到床前爲女孩讀書的時光。惟有專注地讀書的片刻，他得以忘記身體的疲累，重溫當時的歲月。

他恍然明白，當初答應爲女孩讀書，也許並非出於單純的悲憫，而是女孩的請求觸動了他。他也曾爲一個人讀書。

儘管季節變換時光荏苒，那些朗讀聲依舊常駐他耳中，從未因歲月而消亡，反而歷久而彌新，時刻刺痛著他，提醒他，那段幸福的日子永不復返。即使到了這具肉身枯槁的時候，他也許還能夠聽到當時的嬝嬝餘音，始終在今生迴蕩。

他把書翻開。他在昨天讀完的那一頁上面做了個記號。

3

到了午夜，他也讀完了最後一段。

他抬起頭，期待女孩會說些甚麼。他們通常會在讀完一本書之後討論一下內容。她總有很多意見。然而，他此刻看到的，卻是一張帶點憂鬱的臉。

『醫生，你明天還會來爲我讀書嗎？』女孩問。

『明天以後，你可以自己看書，甚至連近視眼鏡都不需要。』他說。

女孩的嘴巴抿成細細的一條線，沒說話。

『切除白內障的手術是很安全的，十年前就很難說了。放心吧。』他柔聲安慰女孩。

女孩搖搖頭：『手術是你做的，我一點也不害怕。』

停了一會，她說：『可是，即使我看得見，醫生你也可以繼續爲我讀書的呀！』

徐宏志笑了：『我不習慣人家看著我讀書的，我會臉紅的。』

『看得見之後，你想做些甚麼事情？』他朝女孩問。

『我想看看自己的樣子。』女孩興奮地說。

『你長得很漂亮。』

『別人一直都這麼說。可是，他們說這句話的時候，語氣裡總是帶著一種很深很深的可惜。』

『以後不會再有可惜了。』他說。

女孩臉上綻出一朵微笑：『醫生，你知道我還想做甚麼嗎？我想出院後自己去買衣服！

我以前的衣服都是修女爲我挑的，她們只告訴我顏色。以後我要自己挑衣服。修女，尤其是陳修女，她很保守的，一定不知道外面流行些甚麼。』

徐宏志咯咯地笑了，女孩雖然只有十歲，畢竟是個姑娘，愛美的心與生俱來。

『醫生，』女孩的臉唰地紅了：『我長大之後可以做你的女朋友嗎？』

『你根本不知道我長甚麼樣子，也許，我長得很醜。』

女孩搖搖頭：『我聽到病房的護士說，你年輕英俊，人很好，又是頂尖兒的眼科醫生。』

他尷尬地笑了：『她們眞會拿我開玩笑。』

『醫生，你是不是已經有女朋友了？』女孩天眞地問。

他停了半晌，站起來，把椅子拉開，靜靜地朝女孩說：

『很晚了，你應該睡覺了。』

女孩溫馴地把絨毛小熊擱在枕畔，緩緩滑進被窩。

『醫生，你哭過嗎？』她的頭隨著徐宏志的腳步聲轉向床的另一邊。

『沒有。』他低聲說。

『我聞到鹽味。』

『是我身上的汗水。』

『我分得出汗水和淚水的。』女孩說，『你剛才讀書的時候，身上有一種悲傷的味道。醫生，你忘了嗎？盲人的嗅覺是很靈敏的。』

他那雙困倦的眼睛望著女孩，也無言語。儘管她因爲身體的殘障而有超齡的早熟，她終究還是個孩子，不了解的事情太多。

『醫生。』女孩摸到枕邊的絨毛小熊，遞給他，說：『我把它送給你。』

徐宏志驚訝地朝她問：『爲甚麼？這團毛茸茸的東西不是你的寶貝嗎？』

『所以我才想把它送給你，雖然它已經很老，但它會爲你帶來好運的，我不是終於也看得見了嗎？』

徐宏志接過那隻絨毛熊，笑笑說：『上面一定有很多口水。』

女孩靦腆地笑了，心中的喜悅脹大了一些：

『醫生，你要好好留著它啊！等我長大了，五年後，或者八年後，我會回來要回我的小熊，那時你再決定要不要我做你的女朋友。』說完這句話，女孩伸手摸到床邊的燈掣，把燈擰熄，嘴上掛著一個幸福的微笑。

然而，今天晚上，她是無論如何也睡不著的。她此刻的心情就像第一次參加孤兒院旅行的前夕那樣，她因爲太興奮而失眠，徹夜期盼著晨曦的來臨。這個手術要比那一次旅行刺激很多。她有點緊張。她害怕明天的世界跟她以前熟悉的那個不一樣。

女孩轉臉朝向門的那邊，聲音裡有著一種期盼和不確定。

『醫生，這個世界是不是很美麗的？』她問。

門的那邊沒回答。

就在那一瞬間，女孩嗅到了眼淚的鹹味和鼻水的酸澀，聽到了發自一個男人的喉頭的哽咽。

4

徐宏志離開病房時，臂彎裡夾著那本書和一隻禿毛的玩具熊。這隻絨毛熊掛在他魁梧的身軀上，顯得那麼小而脆弱，就像眼淚，不該屬於一個強壯的男人。

走出醫院的時候，他踢到腳上鬆垂的鞋帶。他蹲下去把鞋帶繫上的那一瞬，一行清淚滴在他的手背上，緩緩流過指縫間，他拭去了。花了一些氣力，他再次站起來。

剛剛下過的一場細雨潤濕了他腳下的一片草地。他踩著水花，走在回去的路上。他感覺到有幾隻蚊子在叮咬他，吸他的血，但他疲憊的雙腿已經無力把牠們甩開了。

他想到躺在病房裡的女孩是幸福的。明天以後，她將可以看到天空的藍和泥土的灰綠，看到電影和人臉，也看到愛的色彩。不管她願不願意，她也將看到離別和死亡。

他又回到許多年前的那天。在比這一片青蔥和遼闊的另一片草地上，她投向了他。那是他最消沉的日子，她像一隻迷路的林中小鳥，偶爾掉落在他的肩頭，啄吻了他心上的一塊肉，給了他遺忘的救贖。

那時他並不知道，命運加於他的，並不是那天的青青草色，而是餘生的日子，他只能與回憶和對她的思念長相左右。

5

自從他的母親在飛機意外中死去之後，徐宏志已經有好長一段時間沒見過陽光。母親的乍然離去，把他生命中的一部分永遠帶走了。那一年，剛剛升上醫科三年級的他，經常缺課，把虛妄的日子投入電腦遊戲，沒日沒夜地沉迷其中。他成了箇中高手，卻沒有絲毫勝利的喜悅。

他缺席考試。補考的時候，只回答了一條問題就離開試場，趕著去買一套最新的電腦遊戲。

他把青春年少的精力和聰明才智浪擲在虛擬的世界裡，與悲傷共沉淪。然而，輸的顯然是他。學期結束的時候，他接到通知要留級。在醫學院裡，留級是奇恥大辱，他卻連羞慚的感覺都付之闕如。

無數個日子，當他掛著滿臉淚痕醒來，惟有那台電腦給了他遺忘的藉口。那時候，他瘦得像隻猴子，孤零零地在自己的暗夜裡漂流，生活彷彿早已經離棄了他。

就在那一天，宿舍的電力系統要維修，他惟有走到外頭去。那是正午時分，他瞇起眼睛朝那個熱毒的太陽看去，頓時生出了一個念頭：也許，他可以把自己曬死。他可以用這個方法對猝不及防的命運做出卑微的報復。

他攤在那片廣闊的青草地上，閉上眼睛想像一個人中暑之後那種恍惚的狀態，會像吃下一口鴉片般，在自己的虛幻中下墜，下墜，遠遠離開塵世的憂傷。

6

他身上每寸地方都掛滿了汗水，迷迷糊糊地不知躺了多久，直到他忽然被人踢倒。

他爬起來。太遲了，一個女孩在他腳邊踉蹌地向前摔了一跤，發出一聲巨響，頭上的帽子也飛脫了。

他連忙把女孩扶起來。逆光中，他看到她模糊的輪廓和那頭栗色頭髮上朦朧的光暈。她蜜糖色的臉上沾了泥土。

『對不起。』他瞇縫著眼睛向她道歉。

女孩甩開他，自己站定了，用一隻拳頭擦去眼窩上的泥巴，氣呼呼地瞪著他，說：

『你爲甚麼躺在這裡？』

『對不起。』他一邊說一邊彎身拾起女孩散落在地上的書和那頂紅色的漁夫帽。

女孩把書和帽子搶了回來，生氣地問：

『你是甚麼時候躺在這裡的？』

他一時答不上來。他沒想過她會這樣問。他也不覺得這個問題跟她摔倒有甚麼關係。

『我剛才沒看見你。』她一邊抖去帽子上的泥巴一邊說。

『我在這裡躺了很久，誰都看得見。』他說。

這句話不知怎地激怒了她。她狠狠地盯著他，聲音因爲激動而微微顫抖。

『誰叫你躺在這裡的？』

『我已經道歉了，你還想怎樣？是你自己走路不長眼睛！』他給曬得頭昏腦脹，平日的修養都不見了。

她二話不說，舉起手裡的帽子朝他頭頂砸去。

他摸著頭，愣在那兒，還來不及問她幹嘛打人，她已經抬起下巴朝宿舍走去。

他沒中暑，反而給喚回了塵世。

7

幾天之後，他在大學的便利商店裡碰到她。晚飯時間早就過了，他走進去買一個杯麵充饑。那天，店裡只有零零星星的幾個人，他拿著杯麵去櫃台付錢的時候，詫然發現她站在裡面。

輪到他的時候，她似乎認不出他來。

『你在這裡兼職的嗎？』帶著修好的意圖，他問。

『你是誰？』她的眼睛裡帶著幾分疑惑。

『我是那天絆倒你的人。』話剛說出口，他馬上發覺這句話有多麼笨。但是，就像出籠的鳥兒一樣，已經追不回來了。他只好站在那兒傻呼呼地摸著前幾天曬得脫皮的鼻子。

她眼睛沒看他，噹的一聲拉開收銀機的抽屜，拿了要找回的零錢，挪到鼻子前面看了看，然後重重的放在他面前。

他只好硬著頭皮把零錢撿起來，捧著杯麵走到一邊。他眞不敢相信自己那麼笨拙。也許，當一個人成天對著電腦，就會變笨。

然而，遇見她之後，他雖然懶散依舊，卻沒那麼熱中電腦遊戲了。

他走到桌子那邊，用沸水泡麵，然後蓋上蓋子，等待三分鐘過去。他交叉雙腳站著，手肘支著桌子，拳頭抵著下巴，偷偷的看她。她身材細瘦，頂著一頭側分界粗硬難纏的栗色頭髮。那張閃著艷陽般膚色的臉上，有一雙聰明清亮的眼睛，帶著幾分直率，又帶著幾分倔強。那管直挺挺的鼻子下面，帶上一張闊嘴。這整張臉是個奇怪的組合，卻活出了一種獨特的味道，彷彿它的主人來自遙遠的一方天地，那裡也許有另一種生活，另一種美和價值。

後來他知道，那是因爲她童年的某段日子。那段日子，是她快樂的鄉愁，也成了她一輩子難解的心結。

8

她感覺到他在看她，她朝他盯過來，他連忙分開雙腿，拿起筷子低著頭吃麵。

那個杯麵泡得太久，已經有點爛熟了。他一向沒甚麼耐性等待杯麵泡熟的那漫長的三分鐘，通常，他頂多等兩分鐘就急不及待吃了起來。這一天，那三分鐘卻倏忽過去，他反而寧願用一個晚上來等待。

9

來接班的男生到了，女孩脫下身上的制服，拿了自己的背包從櫃台後面走出來。

她穿得很樸素，淺綠色襯衣下面是一條棕色裙子，腳上踩著一雙夾腳涼鞋，那頂用來打人的小紅帽塞在背包後面。

他發現她兩個膝蓋都擦傷了，傷痕斑斑，定是那天摔倒時弄傷的。她走出去的時候，他也跟了出去。

『那天很對不起。』帶著一臉的歉意，他說。

她回頭瞅著他，那雙漆黑的眸子變得好奇怪，帶著幾分冷傲，幾分原諒，卻又帶著幾分傷感。

『我叫徐宏志。』他自我介紹說。

她沒搭理他，靜靜地朝深深的夜色走去。

他雙手插在口袋，看著她在遙遠的街燈下一點點地隱沒。她兩隻手勾住身上背包的兩條肩帶，彷彿揹著一籮筐的心事。他發覺，她並沒有走在一條直線上面。

直到許多年後，憑著回想的微光，他還能依稀看到當天那個孤單的背影。

10

接下來的幾天，徐宏志每天都跑去便利商店隨便買點東西。有好幾次，他推門進去的時候，她剛好抬頭看到他，馬上就搭拉著臉。他排隊付錢的時候，投給她一個友善的微笑，她卻以一張緊抿著的闊嘴來回報他的熱情。

只有一次，他進去的時候，店裡沒有客人。她正趴在櫃台上看書。她頭埋得很低，臉上漾開了一圈傻氣的微笑。發現他的時候，她立刻繃著臉，把書藏起來。

『她一定是個愛美所以不肯戴眼鏡的大近視。』他心裡想。

那朵瞬間藏起來的微笑卻成天在他心裡蕩漾。

11

一天，徐宏志又跑去店裡買東西。他排在後頭，一個瘦骨伶仃、皮膚黝黑的女孩斜靠在櫃台前面。女孩頭上包著一條爬滿熱帶動物圖案的頭巾，兩邊耳朵總共戴了十幾只耳環，穿了一個鼻環，脖子上掛著一串重甸甸的銀頸鏈，小背心下面圍著一條紮染的長紗龍，露出一截小肚子，左手裡握著一根削尖了的竹桿，活脫脫像個非洲食人族，只是不知道爲甚麼流落到大城市來。

他認得她是鄰房那個化學系男生的女朋友。這種標奇立異的打扮，見過一眼的人都不會忘記。

『明天的畫展，你會來嗎？』食人族問。

他喜歡的女孩在櫃台後面搖搖頭。

『我眞的不明白，好端端的，你爲甚麼要轉去英文系。』食人族一邊嚼口香糖一邊說。

她微笑沒答腔。

食人族吹出一個口香糖氣球，又吞了回去。臨走的時候說：

『我走啦，你有時間來看看吧。』

『莉莉，你手裡的竹桿是幹甚麼的？』她好奇地問。

食人族瞧瞧那根竹桿，說：『我用來雕刻一張畫。』

她朝食人族抬了抬下巴，表示明白，臉上卻浮起一個忍住不笑的神情。當她回過頭來，目光剛好跟他相遇，他牽起嘴角笑了。他們知道大家笑的是同一個人。

她馬上掉轉目光。

12

徐宏志很想向鄰房那個男生打聽關於她的事，卻苦無藉口。一天，那個滿臉青春痘的男生竟然自動送上門來。

『你可以看看我嗎？』這個叫孫長康的男生朝他張大嘴巴。

徐宏志看了一下，發現孫長康口腔裡有幾個地方割傷了。

『我女朋友昨天穿了個舌環。』他苦著臉說。

『塗點藥膏和吃點消炎藥，應該沒事的了。』他拉開抽屜找到藥膏和消炎藥給孫長康。

他有時會替宿舍的同學診治，都是些小毛病，他們很信任他。藥是他在外頭的藥房買的。然而，過去的一年，他成天把自己關在房裡，他們已經很少來找他。

『你女朋友是念哪個系的？』他倒了一杯水給孫長康吃藥。

他吞了一顆藥丸。帶著一臉幸福和欣賞的苦笑，他說：

『她這副德行，除了藝術系，還有哪個系會接受她？』

『我前幾天在便利商店裡碰到她的時候，她跟那個女店員在聊天。』他試著漫不經心地說出這句話。

『你說的是不是蘇明慧？頭髮多得像獅子，經常戴著一頂小紅帽的那個女生？』

『對了，就是她。』他終於知道了她的名字。

『她是莉莉的同學，聽說她今年轉了過去英文系。那個決定好像是來得很突然的。莉莉滿欣賞她，她不容易稱讚別人，卻說過蘇明慧的畫畫得很不錯。』

『那她為甚麼要轉系？』

他聳聳肩：『念藝術的人難免有點怪裡怪氣。他們都說藝術系有最多的怪人，醫學院裡有最多的書呆子。』

徐宏志尷尬地笑了笑。

『可你不一樣，你將來一定會是個好醫生。』孫長康補上一句。

徐宏志一臉慚愧，那時候，他連自己是否可以畢業也不能確定。

孫長康的手搭在他的肩膀上，說：

『雖然我不知道你是為了甚麼原因，但是，每個人都會有消沉的時候。』

那一刻，他幾乎想擁抱這個臉上的青春痘開得像爆米花般的男生。他們一直都只是點頭之交。即使在今天之前，他也認爲孫長康是個木訥寡言的男生。就在前一刻，他還以爲自己可以不著痕跡地從他口中探聽蘇明慧的事。

他對孫長康不免有些抱歉，有些感激。只是，男人之間並沒有太多可以用來彼此道謝的說話，如同這個世界一直缺少了安慰別人的詞彙。

13

孫長康出去之後，他拉開了那條灰塵斑斑的百葉簾，把書桌前面的一扇窗子推開。外面的陽光漫了進來，他把脖子伸出去，發現窗外的世界有了一點微妙的變化。

就在牽牛花開遍的時節，那隻掉落在他肩頭的林中小鳥，披著光亮的羽毛，給了他一身的溫暖和繼續生活的意志。

有好幾天，他帶著一臉微笑醒來，懷著一個跳躍的希望奔向便利商店，只爲了去看她一眼，然後心蕩神馳地回去。一種他從未遇過的感情在他心裡漾了開來。他的眼耳口鼻會不自覺地擠在一塊痴痴地笑，只因想到給她用帽子砸了一下的那個瞬間。

生活裡還是有許多令人消沉的事，比如學業，比如那永不可挽的死亡，都超過了他所能承受的。他渴望溜出去，溜到她身邊，溜出這種生活。

14

隔天，徐宏志去了藝術系那個畫展。食人族在那裡，跟幾個男生女生蹲在接待處聊天。他拿了一本場刊，在會場裡逛了一圈，並沒有看到蘇明慧的畫。食人族的畫倒是有一張，那張畫，也是最多人看的。

她的畫反而不像她本人的奇裝異服，用色頗爲暗淡，風格沉鬱，有點像藍調音樂。

『連食人族都說她畫得好，蘇明慧的畫一定很不錯。』他想。

他翻開那本場刊，在其中一頁上看到一張蘇明慧的畫。那張現代派油畫佔了半版篇幅，一頭獅子隱身在一片繽紛的花海裡，牠頭上的鬃毛幻化成一束束斑斕的色塊，左邊耳朵上棲息著一隻蝴蝶，天眞的眼睛帶著幾分迷惘。

他不知道他是喜歡了畫家本人而覺得這張畫漂亮，還是因爲喜歡這張畫而更喜歡這位畫家。

他拿著場刊朝食人族走去，問她：

『請問這張畫放在哪裡？』

食人族似乎並不認得他。她看了看他所指的那一頁，咕噥著：

『這張畫沒有拿出來展覽。』

穿了舌環的食人族，說話有點含混。他湊近一點問：

『那爲甚麼場刊上會有？』

『場刊早就印好了，這位同學後來決定不參加畫展。』食人族回答說。

帶著失望，他離開了會場。

外面下著霏霏細雨，他把那本場刊藏在外衣裡。那是一頭令人一見難忘的獅子，充滿了奇特的想像。她爲甚麼要放棄畫畫？是爲了以後的生活，還是爲了他不可能知道的理由？

15

夜晚，他冒雨去了便利商店。他推門進去的時候，蘇明慧戴著耳機，趴在櫃台上看書。她蹙著眉，很專注的樣子，似乎是在溫習。也許是在聽歌的緣故，她不知道他來了。直到他拿了一個杯麵去付錢，她才發現他。

她站起來，把書藏在櫃台下面，臉上沒甚麼表情，朝他說了一聲多謝。

他走到桌子那邊吃麵。雨淅淅瀝瀝地下，多少天了？他每個晚上都來吃麵，有時也帶著一本書，一邊吃麵一邊看書，那就可以多待一會。這個晚上，店裡只有他們兩個人，她繼續聽歌，時而用手指揉揉眼睛，看起來很倦的樣子。他發現她的眼神跟那張畫裡頭的獅子很相似。到底是那頭獅子擁有她的眼神，還是她把自己的眼神給了獅子？她用手指揉眼睛的時候，彷彿是要趕走棲在眼皮上的一隻蝴蝶。那隻蝴蝶偏偏像是戲弄她似的，飛走了又拍著翅膀回來，害她眨了幾次眼，還打了一個小小的呵欠。她及時用手遮住了嘴巴。

一股幸福感像一隻白色小鳥輕盈地滑過他的心湖。她所有的、毫無防備的小動作，在這個雨夜裡，只歸他一人，也將永爲他所有。

她沒有再看那本書了。每當他在店裡，她都會把正在看的書藏起來。

16

他走出便利商店的時候才發現外面颳著大雨。雨一浪一浪的橫掃，根本不可能就這樣回去。他只好縮在布篷下面躲雨，雨水卻還是撲濕了他。

過了一會兒，接班的男生撐著傘，狼狽地從雨中跑來。該是蘇明慧下班的時候了，他的心跳加快，既期待她出來，又害怕她出來。

半晌，蘇明慧拿著一把紅色的雨傘從店裡走出來。她發現了他，他靦腆地朝她微笑。她猶疑了一下。不像平日般繃著臉，她投給他一個困倦的淺笑。

那個難得的淺笑鼓舞了他。他朝她說：

『雨這麼大，帶了雨傘，也還是會淋濕的。』

她低了低頭，沒有走出去，繼續站在滴滴答答的布篷下面，跟他隔了一點距離，自個兒看著雨。

『你的朋友莉莉是我鄰房的女朋友。』他說。

『那你已經知道了我的名字嘍？』她問。

他微笑朝她點頭。

『那你已經調查過我嘍？』語氣中帶著責備。

『呃，我沒有。』他連忙說。

看到他那個窘困的樣子，她覺得好氣又好笑。

『我今天去過藝術系那個畫展。』他說。

她望著前方的雨，有一點驚訝，卻沒回答。

『我在場刊上看到你的作品，可惜沒展出來。我喜歡畫裡頭的獅子。牠有靈魂。你畫得很好。』

她抬頭朝他看，臉上掠過一抹猶疑的微笑。

然後，她說了一聲謝謝，撐起雨傘，冒著大雨走出去。

他跑上去，走在她身邊。

她把頭頂的雨傘挪過他那一邊一點點。他的肩膀還是濕了。

『你爲甚麼要放棄？』雨太大了，他要提高嗓門跟她說話。

『這是我的事。』她的眼眸並未朝向他。

『我知道不關我的事，我只是覺得有點可惜。』

她把雨傘挪回去自己的頭頂，一邊走一邊說：

『我不覺得有甚麼可惜。』

『你很有天分。』他說。

『有多少人能夠靠畫畫謀生？』她訕訕地說，雨傘挪過他那邊一點點，再一點點。

『你不像是會爲了謀生而放棄夢想的那種人。』

『你怎知道甚麼是我的夢想？』她有點生他的氣，又把雨傘挪回去自己頭頂。

『呃，我承認我不知道。』他臉上掛滿雨水，猛地打了一個寒顫。

她看著有點不忍，把手裡的雨傘挪過他那邊。最後，兩個人都淋濕了。

她沒有再說一句話，兩個人無言地走著。

雨停了，她把雨傘合起來，逕自往前走。

她朝女生宿舍走去，右手裡的雨傘尖隨著她的腳步在路上一停一頓。她看上去滿懷沮喪。

他後悔自己說得太多了，也許開罪了她。然而，這場雨畢竟讓他們靠近了一點。一路走來，他感覺到她手裡那把傘曾經好幾次挪到他頭頂去。

17

他以爲自己的身體很強壯，沒想到竟然給那場雨打敗了。半夜裡他發起燒來，是感冒。他吃了藥，陷入一場昏睡裡，待到傍晚才回復知覺。

他想起他一位中學同學C。那時候，C爲了陪一個自己喜歡的女生游冬泳，結果得了肺炎。他們都笑C害的是甜蜜病。三個星期之後，C康復過來，那個強壯的女孩子卻已經跟另一個男生走在一起。

C悲憤交集，把那張肺部花痕斑斑的X光片用一個畫框裱掛在床前，時刻提醒自己，愛情的虛妄和女人的無情。

他呢？他不知道此刻害的是甜蜜病還是單思病。

他頭痛鼻塞，身子虛弱，卻發現自己在病中不可思議地想念她。

愛情是一場重感冒，再強壯的人，也不免要高舉雙手投降，乞求一種靈藥。

他想到要寫一封信給她，鼓勵她，也表達一下他自己。他拿了紙和筆，開始寫下他平生第一封情書。

起初並不順利，他給自己太大壓力了，既害怕寫得不好，又很虛榮地想露一手，贏取她的青睞。最後，他想起他讀過的一本書。

18

他把寫好的信放在一個信封裡，穿上衣服匆匆出去。

他是自己的信鴿，忘了身體正在發燒，啣著那封信，幾乎是連跑帶跳的，朝便利商店飛去，那裡有治他的藥。

他走進去，蘇明慧正忙著，沒看到他。他隨便拿了一塊紙包蛋糕，來到櫃台付錢。

他大口吸著氣。她朝他看了一眼，發覺他有點不尋常。他的臉陡地紅了，拿過蛋糕，匆匆把那封信放在她面前，沒等她有機會看他便溜走。

回去的路上，他不停想著她讀完那封信之後會怎麼想。他發現自己的燒好像退了，身體變輕了。但他還是很想投向夢鄉，在那裡夢著她的回音。

19

接下來的兩天，他每天在宿舍房間和樓下大堂之間來來回回，看看信箱裡有沒有她的回信，但她沒有。他決定去便利商店看看，說不定她一直在那邊等他，他卻已經兩天沒過去了。

他進去的時候，看到那台收銀機前面圍了幾個人，有男生，也有女生。大家的眼睛盯著同一個方向看，似乎是有甚麼吸引著他們。

蘇明慧背朝著他，在另一邊，把一瓶瓶果汁放到冰箱裡。他靜靜地站在一排貨架後面，帶著幸福的思慕偷偷看她。

人們在笑，在竊竊低語。等到他們散去，他終於明白他們看的是甚麼：那是他的信。那張信紙可憐地給貼在收銀機後面。已經有太多人看過了，上面印著幾個骯髒的手指模，紙緣捲了起來。

她轉過身來，剛好看到他。他難以置信地望著她。

『你爲甚麼要這樣做？』他的身體因爲太震驚而微微顫抖。

『你是說那封信？』她漫不經心地說，似乎已經承認這件事是她做的。

挫折感當頭淋下，他愣在那兒，說不出話來。

『你還是用心讀書吧。』她冷冷地說。

他不明白她這句話的意思。

『你不會想再留級的吧？』她接著說。

他的心揪了起來，沒想到她已經知道。

『並不是我有心去打聽。在這裡，光用耳朵就可以知道很多事情。』她說。

他沒料到這種坦率的愛竟會遭到嘲笑和嫌棄。

『因爲我喜歡你，你就可以這樣對我嗎？』悲憤滾燙的淚水在他喉頭漲滿，他忍著咽了回去。

『你喜歡我，難道我就應該感激流涕嗎？』帶著嘲諷的口吻，她說。

他突然意識到她對他無可理喻的恨。

『你爲甚麼要折磨我？』他咬著牙問。

『我就是喜歡折磨你。』她那雙冷酷的黑色眸子望著他。

『你爲甚麼喜歡折磨我？』

她眼裡含著嘲弄，說：

『我折磨你的方式，就是不告訴你我爲甚麼要折磨你。』

『你這個女人，你到底是甚麼人？』他吃驚地朝她看。

『是個你不應該喜歡的人。』她轉身用背衝著他，拿了一條毛巾使勁地擦拭背後那台冰淇淋機。

他懂得了。他的卑微痴傻在這裡只會淪爲笑柄。她並不是他一廂情願地以爲的那個人，也不配讓他喜歡。

他轉過身朝外面走去。她再也沒有機會折磨他了。

20

回到宿舍，他感覺到每個人都好像已經看過那封信。他們在背後嘲笑他，或是同情他。這兩樣都是他不能接受的。

他想躲起來。但他可以躲到哪裡去呢？除了他的床。

他躲入被褥裡，成天在睡覺，把生活都睡掉了。假使可以，他想把青春虛妄的日子都睡掉。他想起同學那張肺部花痕斑斑的X光片。他徐宏志，現在才拿到屬於他自己那張好不了多少的肺部X光片。他有點恨她，也恨所有的女人。他的愛可以浪擲，卻受不了輕蔑。她可以拒絕他的愛，卻無權這樣踐踏他的尊嚴。

可惡的是，受了這種深深的傷害，他竟然還是無法不去想她。這是報應吧？遇上了她，他天真地以爲可以從一種難以承受的生活渡到另一種生活，卻把自己渡向了羞辱。

現在，他只想睡覺。他要用睡眠來墮落，希望自己更墮落下去，就像她出現之前那樣。

21

他不知道這樣睡了多少天，直到門外響起一個聲音：

『徐宏志，有人來找你。』

他懶懶散散地爬出被褥去開門。

那個來通傳的同學已經走開了。他看到自己的父親站在那裡。

爲甚麼父親偏偏在他最糟糕的時刻來到？他睡眼惺忪，蓬頭垢面，鬍子已經幾天沒刮了，一身衣服邋邋遢遢的。

徐文浩看到兒子那個模樣，沉下了臉，卻又努力裝出一個寬容的神情。他兒子擁有像他一樣的眼睛，性格卻太不像他了。他希望他的兒子能夠堅強一點，別那麼脆弱。

『爸。』徐宏志怯怯地喚了一聲，然後拉了一把椅子給他。

徐文浩身上散發著一種他兒子沒有的威嚴和氣度。他穿著一套剪裁精細的深灰色西裝，襯上深藍色暗花絲質領帶和一雙玫瑰金袖釦，低調但很講究。他五十七歲了，看得出二十年前是個挺拔英俊的男子。二十年後，雖然添了一頭灰髮，臉上也留下了光陰的痕跡，風度卻依然不凡。他的眼神冷漠而銳利，好像甚麼都不關心，也好像沒有甚麼事情能瞞得過他。他是那樣令人難以親近，把自己變成了一個寂寞的男人。

他一邊坐到椅子裡一邊跟兒子說：

『沒去上課嗎？』語氣像是責備而不是關心。

徐宏志站在父親跟前，低著頭說：

『今天有點不舒服。』

『有去見醫生嗎？』不像問候，反而像是審問。

『我自己吃了藥，已經好多了。』他心不在焉地說。

一陣沉默在父子之間緩緩流動。徐文浩留意到一本畫展的場刊躺在亂糟糟的書桌上，翻開了的那一頁吸引著他。那一頁登了蘇明慧的畫。

他拿起來看了看，說：

『這張畫還可以。是學生的作品吧？』

徐宏志很詫異他父親對這張畫的評價。父親是個十分挑剔的人，他說還可以，已經是給了很高的分數。

雖然他心裡仍然恨蘇明慧，爲了跟父親抗爭，他偏要說：

『我覺得很不錯。』

徐文浩知道兒子是故意跟他作對的。有時候，他不了解他兒子。他所有的男子氣概似乎只會用來反叛自己的父親。

『這一年，我知道你很難受。』他相信他能夠明白兒子的心情。

『也並不是。』徐宏志回答說。他不相信父親會明白他，既然如此，他寧可否定父親。

他感到兒子在拒絕他的幫助，也許他仍然因爲他母親的事而恨他。

『劍橋醫學院的院長是我朋友，我剛剛捐了一筆錢給醫學院。用你前一年的成績，轉過去劍橋，應該沒問題。』徐文浩說。

『爸，我喜歡這裡，而且，我想靠自己的能力。』他拒絕了父親。父親最後的一句話，使他突然意識到，他去年的成績，在一向驕傲的父親眼裡，是多麼的不長進，所以父親才想到把他送去英國，不讓他留在這裡丟人現眼。父親不會明白，分別並不在於此處或天涯。父親也永不會明瞭失敗的滋味。

徐文浩再一次給兒子拒絕之後，有些難過。他努力裝出不受打擊的樣子，站了起來，說：『你吃了飯沒有？』他很想跟兒子吃頓飯，卻沒法直接說出來。

『我吃了。』他撒了個謊。

『那我走了。』他儘量不使自己顯得失望。

徐宏志偷偷鬆了一口氣，說：『我送你出去。』

『不用了，你休息一下吧。再見。』那一聲『再見』，不像是跟自己兒子說的，太客氣了。

徐文浩走出房間，下了樓梯。

徐宏志探頭出窗外，看到父親從宿舍走出來。家裡的車子在外面等他，司機爲他打開車門，他上了車。

車子穿過漸深的暮色，消失在他的視線裡。他退回來，把窗關上。那個唯一可以把他們拉近的人已經不在了。父親和他之間的距離，將來也只會更遙遠一些。

他溜到床上，把臉埋入枕頭，沉溺在他殘破的青春裡。

22

劇社的人在大學裡派發新劇的宣傳單，每一張宣傳單都很有心思地夾著一朵野薑花。一個女生塞了一份給蘇明慧。她把它揣在懷裡，朝課室走去。

她選了課室裡靠窗的一個座位，把帶來的那本厚厚的書攤開在面前。那封信夾在書裡。

她用一塊橡皮小心擦去信紙上的幾個手指印，又向信紙吹了一口氣，把上面的橡皮屑吹走，然後，她用手腕一下一下的把信紙熨平。

已經沒有轉回的餘地了，徐宏志心裡一定非常恨她。

她何嘗不恨他？

爲甚麼他要在這個時候出現？爲甚麼他的信要寫得那麼好？他在信裡寫道：

你也許會責怪我竟敢跟你談你的夢想。我承認我對你認識很少。（我多麼渴望有天能認識你更多！）

我以前讀過一本書，書名叫《牧羊少年奇幻之旅》，書裡說：『當你眞心渴望某樣東西時，整個宇宙都會聯合起來幫助你完成。』當我們眞心去追求夢想的時候，才有機會接近那個夢想，縱使失敗，起碼也曾經付出一片赤誠去追逐。

我希望你的夢想有天會實現，如同你眼眸綻放的笑容一樣絢爛，雖然我可能沒那麼幸運，可以分享你的夢想。

一個男人對一個女人的神往，也許會令她覺得煩人和討厭。那麼，我願意只做你的朋友。

第一次讀到這封信的時候，她幾乎醉倒了。然而，一瞬間，一種難言的酸楚在她心中升了起來。他以爲她沒讀過那本書嗎？她曾經眞心相信夢想，眼下，她不會再相信所謂夢想的謊言了。

他喜歡的，不過是他眼睛看到的一切。

她恨造物主，恨自己，也恨他。

她只想要他死心，而他現在應該已經死心了。

有多少個晚上，她期盼著他來到店裡。他出現的時候，她偏偏裝作滿不在乎。他懷裡經常揣著一本書，他和她是同類，都是書蟲。

將來，他會看得更多，而她會漸漸看不見了。

23

那朵野薑花的清香撲面而來，她把它跟徐宏志的信一起放在書裡。

她朝窗外望去，看到了他們初遇的那片青草地。他有一把非常好聽的聲音。那把震動她心弦的聲音彷彿是她宿命的預告。造物主奪去她的視力，卻讓她遇到這把聲音，是嘲諷，還是用這把聲音給她補償？

終有一天，她唯一可以依賴的，只有她的聽力。

24

三個月前的一天，她畫畫的時候，發現調色板裡的顏色一片朦朧。她以爲自己只是累了。

過了幾天，她發現情況並沒有好過來。她看書的時候，頭埋得很低才看得清楚。她看人的時候，像是隔著一個魚缸似的。

她以爲自己患了近視，沒想到這麼大個人了，才有近視眼，誰叫她常常在床頭那盞小燈下面看書？

她去見了校醫，校醫要她去見一位眼科醫生。

那位眼科醫生替她做了詳細的檢查。他向她宣告：

她將會漸漸失去視力。

『有人可以照顧你嗎？』那位好心的醫生問。

她搖了搖頭。

『你的家人呢？』

『他們在別處。』她回答說。

25

幾個小時之後，她發現自己躲在宿舍房間的衣櫃裡。她抱著膝頭，蜷縮成一團，坐在一堆衣服上面。惟有在這裡面，看得見與看不見的，都沒有分別。她伸手不見五指，看不到一點光，只聽到自己的呼吸。

過了許久之後，她聽到房間外面響起一個聲音，有人在呼喚她的名字。她沒回答。那人推門進來，踱到衣櫃前面，自言自語地說：

『呃，她不在這裡。』

那是莉莉的聲音。

然後，她聽到莉莉離開時順手把門帶上的聲音。留下來的，是一片可怕的寂靜。

她再也撐不住了，雙手覆住臉，嗚嗚地啜泣，身體因害怕而顫抖哆嗦。即使剛才那個不是莉莉，而是任何一把聲音，任何一個陌生人的召喚，都會使她的眼淚終於決堤。

貝多芬聾了還能作曲，然而，一個把甚麼顏色都看成毛糊糊一片的人，怎麼還能夠當上畫家？所有她曾經夢想的夢，都將零落漂流。她唯一能夠扳回一城的方法，不是自哀自憐，而是棄絕她的夢想。

26

第二天，她去申請轉系。

系主任把她叫去，想知道她轉系的原因，試圖遊說她改變主意。

系主任是位多愁善感的雕塑家，很受學生愛戴。

『我看過你的畫，放棄實在可惜。』他說。

這種知遇之情把她打動了，她差一點就要告訴他。然而，想到他知道原因後，除了同情，也改變不了事實，她的話止住了。她討厭接受別人的憐憫。

她現在需要的是謀生，從英文系畢業，她起碼可以當傳譯員，甚至到盲人學校去教書。

她沒有甚麼人可以依靠，除了她自己。

系主任對她的決定感到可惜。於是，她得以帶著尊嚴離開他的辦公室。

27

那個夜晚，她蹲坐在宿舍房間的地板上，把油彩、畫架、她珍愛的畫筆和所有她畫的油畫，全都塞進幾個黑色塑膠袋裡。徐宏志在畫展場刊上看到的那張畫，使她猶疑了一陣，那是她耗了最多心血和時間畫的，是她最鍾愛，也是她畫的最後一張畫了。她把它跟其他東西一起拿去扔掉，好像她從來就沒有畫過畫一樣。

把所有東西扔掉之後，她發現自己雙手沾了一些紅色和藍色的油彩。她在洗手槽裡用松節油和一把擦子使勁地擦去那些油彩。她不要眷戀以往的生活和夢想，眷戀也是一種感情，會使人軟弱。

她曾經憧憬愛情，今後，愛情也像隨水沖去的油彩一樣，不再屬於她。她不要成爲任何人的負累。

徐宏志偏偏緊接著她的厄運降臨，就像她明明已經把所有油彩拿去扔掉了，其中一管油彩卻詭秘地跟在她身後，提醒她，她曾經憧憬的幸福與眼下的無助。她不免對他惱火，卻又明知道他是無辜的。

28

她回到宿舍，把那本厚厚的書放在床頭。野薑花的味道在房間裡和她手指間飄散，摻雜了泥土和大地的氣息。她以爲自己已經平靜多了，卻發現她開始想念徐宏志。

她把對造物主的恨轉移到他身上，愛情卻恰恰是造物以外的法度。

她相信命運嗎？還是寧願相信愛情的力量？夢想是注定尋求不到的，但我們不免會想念曾經懷抱的夢想。愛情是我們的自由，只是，她不知道這種自由會換來幾許失望。

她朝窗外看去，牽牛花已經開到荼蘼了。徐宏志會把她忘記，她也會忘掉他。只消一丁點光陰，他們以後的故事都會改寫。

然而，在這樣的時刻，她想起了那個老舊的德國童話。故事裡的吹笛人爲城鎮驅趕老鼠，鎮上的居民後來食言，拒絕付他酬勞。爲了報復，吹笛人用笛聲把鎮上所有的小孩子都拐走。

當愛情要召喚一個人的時候，強如那摻了魔法的笛聲，只消一丁點光陰，人會身不由己地朝那聲音奔去。

她想向他道歉。

她提醒自己，道歉並不是一種感情，而是人格。

那眞的不是一種感情嗎？

她爲了那樣傷害他而感到內疚。

內疚難道不是感情？

我們會爲不曾喜歡，或是不曾掙扎要不要去喜歡的人而內疚，害怕他受到傷害嗎？

29

她來到男生宿舍，上樓到了他的房間。那扇門敞開著。徐宏志軟癱在一把有輪的椅子裡，頭髮濕濕的，像剛剛洗過。他兩條腿擱在書桌上，背朝著她，在讀一本書，但看起來無精打采的。

房間的牆上用木板搭了一個書架，橫七豎八地放滿了書。書架旁邊，掛著一副醫科生用的骷髏骨頭，並不恐怖，反而有點可憐和滑稽。這副骷髏骨的主人生前一定沒料到，他的骨頭在他死後會吊在某個陌生人的房間裡，隻影形單地給人研究。

那張單人床上的被子翻開了，一條牛仔褲搭在床邊，褲腳垂到地上。房間裡蕩漾著書的氣息，也夾雜著肥皀香味、洗髮精和單身乏人照顧的男生的味道。

有點帶窘的，她低聲說：

『徐宏志。』

他的背影愣了一下，把腳縮回來，緩緩地朝她轉過身去，似乎已經認出她的聲音。

她投給他一個溫和的眼神，他卻只是直直地望著她，聲音既清亮又冷酷：

『你來幹嗎？』

她臉上友善的神情瞬間凝結，難堪地立在那兒。

他並沒有站起來，仍舊坐在那把有靠背和扶手的絨布椅子上，彷彿是要用這種冷漠的姿態來挽回他失去的尊嚴。

『你把我侮辱得還不夠嗎？』帶著嘲諷的意味，他說。

他好像變成另一個人似的，她後悔自己來了。但是，既然來了，她得把話說清楚。

『徐宏志，你聽著。』她靜靜地說：『我是來跟你道歉的。』

他怔在那兒，滿臉驚訝，但那張臉一瞬間又變得陰鬱。

『你這一次又想出甚麼方法來折磨我？』他冷笑了一聲，繼續說：『我開始了解你這種女人，你會把男生的仰慕當作戰利品來炫耀，然後任意羞辱你的戰俘！』

她的心腫脹發大，生他的氣，也生自己的氣。

『你怎麼想都隨你，你有權生我的氣。』她退後一步，帶著滿懷的失落轉身離去。

聽到她走下樓梯的腳步聲，他懊惱地從椅子上站了起來。他對她實在摸不透，當他想要忘記她的時候，她偏偏又飛了回來，棲在那兒，顯得小而脆弱，喚起了他心中的感情。

他不知道她那雙漆黑閃亮的眼眸裡到底藏著甚麼心事。他希望自己再長大一些，老一些，更了解女人，而不是像現在這樣，只會用冷言冷語來掩飾年輕的青澀。

30

愛情始於某種不捨。他曾經捨不得每天不去便利商店偷偷看她一眼，哪管只是一段微小的時間。就在這一刻，他發現自己捨不得傷害她，捨不得讓她帶著失望離去。

他奔跑下樓梯，發現她已經走出宿舍，踏在花圃間一條紅磚路上，快要從他的視野中消失。他連忙走上去，拉住她的背包。

她倒退了半步，朝他轉過身來，那雙清亮的眼睛瞪著他，怏怏地問：

『你想怎樣？還沒罵夠嗎？』

他吸著氣，好像有話要說的樣子。

沒等他開口，她盯著他，首先說：

『你又想出甚麼方法來報復？還是那些戰利品和戰俘的比喻嗎？』

『你不是說我有權生氣的嗎？』

她一時答不上來，投給他疑惑的一瞥，搞不清他到底想怎樣。

『不過，』他朝她抬了抬下巴，得意地說：

『我棄權。』

『呃，那我應該感謝你啦？』她蹙著眉，故意不顯出高興的樣子。

『不用客氣。』他唇上露出一彎微笑。

『那我就不客氣了。』她逕自往前走。

他走到她身畔，踢走腳邊的一顆石子。

她朝他看，一邊走一邊繃著臉問他：

『你幹嗎跟著我？』

他的臉紅了，老盯著路面，踢走腳下一顆石子，然後又是一顆，再一顆。

『你是不是打算一路爲我清除路障？』帶著嘲弄的語氣，她問。

他踩住腳下的一顆石子，雙手窘困地插在口袋裡，終於說：

『對不起，我不是故意讓你難堪的。』

她回過頭來，怔怔地望著他。他站在那兒，傻氣而認眞，爲自己從沒做過的事道歉。這顆高貴的靈魂感動了她，她明白自己對他的恨是毫無理由的。

『好吧，我原諒你。』她眨了眨眼，掉轉腳跟，繼續往前走。

『你原諒我？』他莞爾。

『嗯，是的。』她點了點頭。

他開始有一點明白她了。她嘴巴比心腸硬。

『你不會是頭一次寫信給女孩子的吧？』她邊走邊說。

『是頭一次。』他急切地回答。

『不會是從甚麼《情書大全》抄下來的吧？』她促狹地說。

『當然不是。』他緊張地說。

『我讀過那本書。』她說。

『你是說《牧羊少年奇幻之旅》？』

她點了點頭。

『是甚麼時候讀的？』

『你以爲只有你讀過嗎？我早就讀過了。』

『我十五歲那年讀的。』他說。

『我十一歲那年已經讀過，比你早四年。』

他狐疑地看著她，說：

『年紀這麼小，會看得明白嗎？』

『智商高，沒辦法。』她神氣地說。

『那時很想去看看書裡提到的埃及沙漠。』他說。

『我去過沙漠，非洲的沙漠。』她告訴他。

『甚麼時候去的？』

『我小時候在肯亞住了三年。』

『怪不得。』

『甚麼怪不得？』

『你有一種近似非洲豪豬的野蠻！豪豬身上就長滿毛刺，會刺得人很痛。』

『我也見過一頭很像你的狒狒。』她懶懶地說。

『那麼，你是眞的見過獅子？』他想起她那張畫。

她『嗯』了一聲，不太想提起獅子的事。

『你喜歡非洲嗎？』他問。

『那個地方不屬於我。』她淡淡地說。

『有機會，我眞想去埃及金字塔。』他興致勃勃地說。

她突然靜了下來。她沒去過金字塔。她原以爲總有一天會去的。從今以後，所有風景都沒分別了，都成了一片模糊的遠景。

『你記不記得牧羊少年在沙漠裡認識了一位煉金術士？』過了一會，她說。

『嗯。』他點了點頭。

『那位煉金術士擁有一顆哲人石和一滴長生露。』

『我記得這一段。』

『哲人石能把任何東西變成黃金，喝下長生露的人，會永遠健康。』

『這兩樣都不可能。』他回答說。

她卻多麼希望這個故事不是寓言。

『你爲甚麼要念醫科？』她突然問。

這個問題深深觸動了他。過去的一年，他幾乎忘記了當初爲甚麼選擇醫科，也忘記了他曾經熱切努力的目標和夢想。

『我想把別人的腦袋切開來看看。』他笑笑。

『你這麼聰明，不像會留級。』她說。

『我並不聰明。』他聳聳肩，無奈地說。

『畢業後，你打算修哪一個專科？』她問。

『我想做腦神經外科，那是最複雜的。』

她停下腳步，朝他抬起頭，說：

『你看看我的眼睛有甚麼問題？』

他湊近她，就著日光仔細地看看那雙漂亮的黑眼珠，羞澀地說：『沒甚麼問題。』

『幸好你選了腦神經外科，而不是眼科。』她揉了揉眼睛，朝他微笑。

他心頭一震，驚訝地望著她，在她眼中讀出了哀淒的神色。

『我的眼睛有毛病，是視覺神經發炎，三個月前發現的。醫生說，我的視力會漸漸萎縮。一旦復發，我便甚麼也看不見。幸運的話，那一天也許永遠不會來臨。但是，也許下一刻就來臨。就像身上繫了個定時炸彈，它不會把我炸成碎片，只是不再讓我看東西。』她靜靜地說完。

他太震驚了，一瞬間，他恍然明白，爲甚麼在草地上摔倒的那天，她會那麼生氣。她害怕自己是根本看不到他躺在那裡。他終於知道她爲甚麼放棄畫畫，爲甚麼從來不在他面前看書。他太笨了，竟然看不出來，還教訓她不要放棄夢想。

他在書上讀過這個病。病因是病人的免疫系統突然出了問題，可能是遺傳，也可能跟遺傳沒有關係。這個病無藥可治，病人的視野漸漸縮小，盲點愈來愈大，會把顏色混淆。這個病，一旦復發便很嚴重，也許最後連光暗都看不見。

她卻能夠平靜地道出這個故事。他難過地望著她，爲自己所做的一切而愧疚。她的冷淡或冷酷，無非是想把他氣走。他卻生她的氣，以爲她是故意折磨他。就在前一刻，他還故作幽默的取笑她像非洲豪豬。

『別這樣看著我，我不需要同情。我覺得現在很好。比起一出生就看不見的人，我看的東西已經夠多了。我見過牽牛花，見過海邊成千上萬的紅鸛，見過獅子、野豹和羚羊。當然也見過豪豬。我見過浩瀚的沙漠，見過沙漠最壯闊的地平線，也見過我自己。』她堅強地說。

他不知道要對她說些甚麼。他也許懂得安慰脆弱的心靈，卻不曉得堅強的背後有過幾許掙扎和辛酸，又有多麼孤單。

『有時候，其實也不用看得太清楚，尤其當你有一張自己都不喜歡的闊嘴。』她逗趣地說。

他很想告訴她，那張闊嘴把她的臉襯得很漂亮。但他實在沒法若無其事地擠出一個笑容來認同她的黑色幽默。

她繼續說：『大部分動物只看到黑白兩色，鯊魚更是大近視。牠們照樣生存，而且比我們勇敢。』

他失神地點點頭。

她朝他微笑：『我的眼睛，從外表是看不出有毛病的。所以，你還是會成爲一位好醫生的，呃，應該是一位好的腦神經外科醫生才對。』

然後，她說：

『我要上課了。再見。』這最後一句話，卻說得好像永不會再見似的。

他站在後頭，看著她自個兒朝課室走去。他分不出她的堅強是不是偽裝的。我們都知道世上沒有長生露。在另一個星球，也許會有。可惜的是，我們住在一個沒有靈藥的星球上。

她走遠了。他無法使自己的視線從她身上移開。他想起他們初識的那個午後，她掉落在他的肩頭，出於驚惶和恐懼而悻悻地罵了他一頓。是誰把她送來的？愛情是機遇，還是機遇會把兩個命運相近的人一起放在草籃裡？

他心中滿溢著對她的同情，不是對一個朋友的同情，而是對已經愛上的人的同情。惟有這種同情，使人心頭一酸，胳膊變虛弱了。

31

整個下午，蘇明慧都在上課，只在小息的時候逼自己吃了點東西。她今天在他面前說了那麼多話，是好勝地顯示自己的堅強，還是奸詐地把她的病說得輕鬆平常，然後騙他留在身邊？她怎麼騙得過他呢？他是讀醫的。

跟他道出那一聲艱難的再見時，她心裡渴望他會再一次從背後拉著她，告訴她：

『不管怎樣，我還是那樣喜歡你！』

她故意加快了腳步，縮短自己失望的時間。這一次，並沒有一雙手把她拉回去。

32

今天是假期，她不用到便利商店上班。下課後，她沒回去宿舍，而是去了火車站。

她坐在月台上，一列火車靠停，發出陣陣的號聲，人們擠上火車。她沒上去。

她憑甚麼認爲一個偶爾相逢的人會接受她的命運？

在肯亞野外生活的那段日子，她有一位土著玩伴。那個比她小一歲的漂亮男孩教她摔交和用標槍捕獵動物。那時候，她深深愛上了他，發誓長大後要嫁給他，永永遠遠留在非洲的大地上。後來，她給母親送了回來，兩個人再也見不到面了。臨別的時候，男孩跟她說：

『我們是不一樣的。』

她偶爾還會想念他，但是，那段記憶已然遠了。他也許早已經把這個黃臉孔的小女孩忘掉。她也沒法想像自己今天會在脖子戴著一串項圈，赤著腳，升起炊煙，等她的情人狩獵之後回家。

能夠相遇的，也許終於會變遙遠。

夜已深了，月台上只剩下她一個人。她站了起來，深深吸了一口氣，離開車站，走路回去。

33

月亮疏疏落落的光影照在回去的路上。她朝宿舍走去，隱約看到一個人影坐在宿舍大樓前面的台階上，然後逐漸放大，直到模糊的身影變得熟悉。

她看見徐宏志從台階上站了起來，似乎已經久等了。

她驚訝地朝他抬起眼睛，他站在那裡，一張臉既期待又擔心。

『你今天不用上班嗎？』他問。

她點了點頭。

『我找了你一整天。』他說。

『你找我有事嗎？』她緩緩地問。

他那雙溫柔的眼睛朝她看，暖人心窩地說：『我可以陪你等那一天嗎？你說過，也許那一天永遠不會來臨，也許下一刻就來臨。我想留在你身邊。』

『不要覺得我可憐。』她固執地說。

『我沒有這樣想。』他回答說。

『你不是寧願和一個健康的人一起嗎？』

『每個人都會生病的。』

『但我的病是不會好的。』
『說不定有一天可以治好，很多病從前也是無藥可治的。』
她難過地笑笑：
『那也許會是三十年，或是五十年後的事。』
『我們有得是時間。』他說。
她看著他，嘴唇因爲感動而緊抿著。
『別傻了。』她傷感地道。
他不解地看著她，想弄明白她話裡的意思。
『我們還沒有開始，你不需要這樣做。』她說。
『對我來說，我們已經開始了。』他篤定地望著她。
淚水在她的喉頭漲滿，她咽了回去，告訴自己，以後要爲他堅強。他會是她今生看到的最後一抹色彩，遠比沙漠的地平線壯闊。
他羞澀而深情地告訴她：
『假使你不嫌棄我有少許近視的話，我願意做你的一雙眼睛。』
她整個人融化了，感到有一雙溫暖的手把她拉向懷裡。她飛向他，在他的胸膛裡搧動，慶幸自己沒有永遠留駐在非洲的大地上。否則，她今生將錯過了這個永恆的瞬間。

c h a p t e r

和光陰賽跑

1

蘇明慧手裡拿著一面放大鏡，躲在圖書館二樓靠窗的一方書桌前面，讀著一疊筆記。她已經不能不借助這件小工具了。它上面有一盞燈，把燈擰亮了，可以看得清楚一點。不過，用這個方法溫習，很累就是了。

她擱下放大鏡，朝窗外看去，正好看到一個小黑點大老遠朝這邊跑來，愈走愈近。雖然對她來說，仍然是朦朧的一條人影，但她早就認出是徐宏志了。上帝要一點一點地把她的視力拿走，徐宏志的一切卻同時又一點一點地深深釘入她的記憶裡。單憑他走路的樣子，她就不會錯認別人。

她朝他揮手，他也抬起頭使勁地朝她揮手，動作大得像停機坪上那些指揮飛機降落的工作人員般，生怕她看不到似的。她卻已經認出這個小黑點。

現在，他上氣不接下氣地跑了上來。

『怎麼樣？』一雙期待的眼睛朝他抬起來。

他從口袋摸出那張摺疊成一角的成績單來，在她面前神氣地揚了一下。

她把他手裡的成績單搶過來抖開，用放大鏡看了一遍，吃驚地望著他。

『你全都拿了A？』

他靠著她坐下來，把臉湊近她，問：

『有甚麼獎勵？』

她在他臉上捏了一把。

他摸著臉說：

『還以爲會是一個吻。』

她低噓：『這裡是圖書館呢！』

他看到她口裡嚼著一些東西。

『你在吃甚麼？』

她淘氣地朝他臉上吹了一口氣，他嗅到了一股果汁的甜味。

『是藍莓味的口香糖，藍莓對眼睛好嘛！』她往他嘴裡塞了一顆。

他把帶去的書打開，陪著她靜靜地溫習。

看到她拿起那面放大鏡用神地讀著筆記，時而用手揉揉那雙疲倦的眼睛。他放下手裡的書，吩咐她：

『轉過來。』

她乖順地轉過身去，背朝著他。他搓揉自己雙手，覆在她的眼皮上，利用手掌的溫熱，輕柔地爲她按摩。

她閉上眼睛，頭往後靠，想起每個小孩子都玩過的一個遊戲：她的同伴不知道從哪兒跑出來，用雙手蒙住她的眼睛，要她猜猜這個人是誰。

要是到了那一天，黑暗是像現在這樣，眼前有一雙溫暖的大手覆著，背後有一個可以依靠的胸懷將她接住。那麼，黑暗並不可怕。

她吸了一口氣，嗅聞著身後那個胸懷的味道。自從眼睛不好之後，她的鼻子和耳朵竟變得靈敏了。她喜歡嗅聞他，他聞起來好香，揉和了甜甜的口氣、溫暖的氣息和到病房上課之後身上消毒藥水的味道，像個剛從產房抱出來的嬰兒似的。她能夠在千百人之中，很輕易的把他聞出來。

他抗議說，他已經是個成人了。至於她，他反而可以想像得到，她從產房抱出來的時候，一定是個怒髮衝冠，手腳亂舞，非常可怕和難馴的女娃。果然，七年後，她就騎著一頭非洲大象橫渡鱷魚潭了。

她告訴他，野生動物的味道並不好聞。牠們不像寵物狗，可以拿去美容，然後往身上灑香水。他的鼻子沒她那麼靈，但是，他還是聞得到她的味道。沒有一個人不能分辨戀人身上獨特的味道，那甜膩的氣息常常在想念中流洩，提醒我們，人的血肉肌膚，不光是由細胞組成的一具軀體，而是有了愛和塵土的味道。

他拿走了她一直握在手裡的那面放大鏡。他想，她需要一部放大器來代替這面小鏡子。

2

那台放大器就像一部桌上電腦，螢幕下面有一個可以升起來的架格，裡面藏著一部閉路電視，把書攤開在上面，然後調校焦點、字體的大小和想要放大的倍數，那一頁文字便會出現在螢幕上，閱讀時會比放大鏡舒服許多。

蘇明慧去了上課，徐宏志偷偷來到她的房間，裝嵌了這台機器，然後悄悄掩上門離開。

幾個小時之後，徐宏志在自己的房間裡做功課，發現蘇明慧來了。她望著他，想說甚麼又不知道如何開口，臉上的表情複雜可愛。

他朝她微笑。

他一笑，她就明白了。

『你瘋了嗎？那台機器很貴的。』

『我把零用錢省下來買的。』

她不以爲然：『你以爲你是公子哥兒嗎？』

『我當然不是公子哥兒。』他說。

『那就是啊！』

『你需要它。』他溫柔地說。

他看過很多關於她那個病的資料，又去請教系內一位眼科教授，得到的答案都是這個病目前還沒有醫治的方法。既然不能治好她的眼睛，他只能努力讓她過得好一點。

然而，一天，他難過地發現，課程裡指定要讀的書對她的眼睛來說已經很吃力。她已太疲倦去讀其他書了。

『以後由我來讀書給你聽吧！』他說。

『是不是環迴立體聲？』她問。

『我只有一把聲音，當然只能提供單音道服務。怎麼樣？機會稍縱即逝的啊！』

她想了一下，皺了皺鼻子說：

『但是，你會讀甚麼書？』

『由你來選吧，我至少可以提供雙語廣播。』

『由你選好了，我信得過你的品味。要付費的嗎？』

他想了想，認眞地說：

『這樣吧！用非洲的故事來交換。』

『那一言爲定。』她笑笑說，飛快地舐了一下他的臉頰。

他摸著臉，說：

『呃，你又做動物才做的事？好噁心！』

她頑皮地笑了，像野兔般發出滿足的震顫聲。她從沒想過有一天，她要用耳朵來聽書。不過，假使在耳畔縈繞的，是他的聲音，也就不壞。

非洲的故事，她願意給他說一萬遍。每個人都會認爲自己的故事不平凡。她突然了悟，惟有當那個故事可以在某天說與自己所愛的人聽，平凡才會變得不凡。我們都需要一位痴心的聽眾來爲我們渺小的人生喝采。

3

他把要爲蘇明慧讀的書分成兩類：白天讀的和夜晚讀的。白天，他讀一些比較輕鬆的，例如遊記和雜誌，甚至是食譜。夜晚，他讀小說。由於朗讀一本書比閱讀要多花好幾倍的時間，他選了偵探故事，以免他這位親愛的，也是唯一的聽眾會忍不住打盹。

他擁有全套福爾摩斯小說。他初中時就迷上柯南·道爾筆下的這位神探。當然，他也喜歡福爾摩斯的助手華生醫生。重讀一遍年少時已經讀過的書，他得以重新發掘箇中的精彩。

時日久遠，以前讀過的，他早就忘記了。

她對他的選擇似乎很欣賞，從來沒有一次打盹。她總是很留心去聽，彷彿要補回因眼睛而失去的讀書的幸福時光。

她有時會開玩笑喚他華生醫生。讀到緊張的情節，她不准他讀下去，要自己猜猜結局。雖然她從來沒有猜中，倒是精神可嘉。

有時候，她會要他讀醫科書。他也因爲朗讀而把書裡的內容記得更牢。他漸漸意識到，她並不是眞的喜歡聽這些她不可能明白的書，而是不想佔去他溫習的時間。

在宿舍台階上等她回去的那個晚上，他告訴自己，今後要爲她努力。荒廢了一年的功課，需要雙倍的努力去補回。然而，能爲一個人奮鬥，那種快樂無可比擬。他無法摘下星星作爲她的眼睛，讓她的眸子重新閃亮，但他們可以彼此鼓勵。

兩個人一起，路會好走一些。

4

到了醫科三年級下學期，徐宏志已經爲她讀完了三部引人入勝的福爾摩斯故事。她的『華生醫生』在朗讀方面很出色。他的聲音抑揚頓挫，還非常可惡的經常在緊張關頭故意停下來，懶洋洋地說：

『我累了，今天到此爲止。欲知後事如何，請聽下回分解。』

那麼，這件案到底是自殺還是謀殺呢？如果是謀殺，兇手又是誰？福爾摩斯是甚麼時候了然於胸的？有好多次，她要奉承他、請求他，甚至假裝生氣，命令他繼續讀下去。

讀書，是他們兩個人之間最私密和幸福的時光。別的情侶會去跳舞、唱歌、看電影，他們卻在樹下、草地上、房間裡，下雨天的某個樓底下，沉醉在不同的故事和文章裡。她難免覺得自己虧欠了他。於是，有時候，她會提議出去走走。

兩個人在外面的時候，無論走到哪裡，他總是把她的手握得很牢，生怕她會走失似的。那一刻，她會抗議：

『我還沒有盲呢！』

每一次，當她說到『盲』這個字，都立刻嗅得到他身上那股憂傷的味道。她豈不知道，她是在和時間賽跑？在失明的那天來臨之前，她要儘量地貪婪地多看他一眼，把他的一切牢牢記住。造物主拿走了她的視力，卻永遠拿不走她的記憶。

她曾經在草原上追逐一群可愛的小斑馬，這種無法馴服的動物，跑得非常快。她也曾在飛揚的塵土後頭追趕一群羚羊，傻得以爲自己總有一天能追上牠們。

世上沒有任何一種動物，跑得比時間和生命快。賽過光陰的，不是速度，而是愛情在兩個靈魂之間的慢舞。

幾年前，她讀過白芮兒．瑪克罕的自傳故事《夜航西飛》，這位生於一九〇二年，在非洲肯亞訓練馬匹，也是史上第一位單人駕駛飛機由東向西橫越大西洋的英國女飛行家，在她的自傳裡就提到非洲寓言中一個和生命賽跑的故事。

改天，她要徐宏志爲她再讀一遍這本書。

5

一個陽光溫煦的午後，在醫學院旁邊的那棵無花果樹下，徐宏志爲她讀一本剛剛出版的《國家地理雜誌》，裡面有一篇關於肯亞的文章。

他們背靠著背，他拿著雜誌，說：

『聽著啦！是關於你的故鄉的。』

他喜歡把肯亞喚作她的故鄉。

對她來說，那個地方，既是故鄉，也是異鄉。

那篇文章說的是肯亞小犀牛的故事。成年的犀牛給人獵殺之後，遺下出生不久的小犀牛。牠們無法自己生存，志願組織的保育人員會用奶瓶來餵哺這些可憐的孤兒。

『你看！是個香港女人！』徐宏志指著上面一張圖片說。

她心頭一震，轉過身去，眼睛湊近那張圖片看。圖片裡，一個女人慈愛地抱著一隻濕漉漉而長相奇醜的小犀牛。就像抱著自己的孩子似的，她用奶瓶給懷中的小動物餵奶。

不用細看說明，她也知道這是她繼父拍的照片。她繼父是拍攝野生動物的華裔美籍攝影師。

相片中那個四十出頭的女子，是她的母親。她的母親，愛動物勝過愛她的孩子。不，也許她錯了，母親愛的是自由，勝過愛她作爲一位母親的責任。

她父母在她兩歲那年分開。她父親是個感情的冒險家，輕率地以爲婚姻和孩子會讓自己安定下來。結果，這段短暫的婚姻只能使他明白，還是單身適合他。於是，有一天，他提著行李，搭上一班飛機，再沒有回來。

她的母親在她四歲那年認識了她的繼父，他是另一種冒險家，在非洲野外拍攝危險的野生動物。母親深深愛上這位勇敢的攝影師，連他那個蠻荒也一併愛上了。她把只有四歲的女兒留給自己的母親照顧，跟隨她的情人奔赴肯亞。在那裡，這個經過一次婚姻失敗的女人，發現非洲大陸才是她嚮往的天地。

爲了贖回某種歉疚，母親在她七歲那年將她接到肯亞去。九歲那一年，卻又把她當作郵包一樣扔了回來。

她無法原諒的是：母親為了後來那一場可怕的意外而無情地把她送走。

她慈愛的外婆再一次接住了這個可憐的小孫女。

直到外婆過身之後，母親才從肯亞回來一趟。然而，親情也有等待的期限，久等了，就再也無法修補。她和母親在葬禮上總共說不上十句話，像兩個陌生人似的。

她沒有好好餵養自己的孩子，卻溫柔地餵養一頭小犀牛。

她很想告訴徐宏志，這個擁有一雙任性的眼睛的女人，正是她母親。然而，也許還需要一點光陰，她才能夠平靜地道出這個故事。

6

蘇明慧的外婆出生於重慶一個大富之家。家道中落又遭逢戰亂，外婆逃難到香港的時候，已是孑然一身。

外公早逝，外婆在國內取得的大學學歷得不到承認，只能在公立圖書館當一名小職員，靠著微薄的薪水，把獨生女養大。到了晚年，還要揹起孫女兒這個小包袱。

同外婆相依爲命的日子，圖書館是蘇明慧的家和搖籃。外婆上班的時候把她帶在身邊，她會乖乖的坐在圖書館裡讀書和畫畫。書和畫筆是她的玩具，陪著她度過沒有父母的童年。

外婆很疼她。晚上回到家裡，無論多麼疲倦，外婆都會坐在床畔，給她讀童話故事。她怎麼會料到，許多年後，命運之手竟安排另一個親愛的人，爲她朗讀故事？雖然讀的不再是童話，卻是更動人的故事。

她只是擔心，徐宏志花了太多時間爲她讀書。於是，許多時，她會說：

『我想聽你的醫科書！』

他讀的時候，她會很努力去理解，時而拿起一面放大鏡認眞地瞄瞄書裡的圖片。

那些艱澀的內容，由他口中讀出來，竟成了詩韻。人體的各樣器官、五臟六腑、複雜的神經，以至磨人的疾病，都化作一支爲靈魂而譜寫的歌。

她用以回報這種天籟的，是牢牢記住，別再在他面前提起『盲』這個單音節的字。

7

多年來，她一個人生活，習慣了獨立，也很會照顧自己。同徐宏志一起之後，她總希望能夠照顧他，爲他做點甚麼。

兩個人在便利商店再遇的那天，他傻呼呼地說：

『我是絆倒你的那個人。』

他並沒有把她絆倒。剛好相反，他是扶她起來的那個人。她一向以爲自己不需要任何人。即使在知道自己患病之後，她也冷靜地安排以後的路，爲的就是不需要依靠別人。

那天，她把所有畫具拿去扔掉，回去之後，發現手裡沾了油彩。她用松節油使勁地擦掉那些油彩。就在那一刻，她對鏡一瞥，吃驚地發現，她像她母親，同樣冷漠無情。

我們都遇過這種情況：某人跑來，說：

『有一個好消息和一個壞消息，你要先聽哪一個？』

她會毫不猶疑地選擇先聽壞消息，不是出於悲觀，而是驕傲，同時也是對世情的憤怒。她從來沒想過逃避，即使前面是一頭發怒的獅子。

徐宏志是接著壞消息而來的好消息。

醫生說，她將會漸漸看不見。然後，他出現了，教她哭笑不得。

明日天涯，總有他在身畔。他治好了她的憤世嫉俗。遇上了他，她恍然明白，獨立和有一個可以依賴的懷抱之間，並沒有矛盾。

8

我們爲甚麼渴望照顧自己所愛的人？那是愛的延伸，想在對方的生活中留下愛的痕跡。

這一刻，她發現自己在徐宏志的房間裡，一邊聽音樂，一邊替他收拾。她把洗好的衣服掛在衣櫃裡，嗅聞一下剛洗過的衣服上面的、香香的洗衣粉味道。

她把他的襪子一雙雙捲好，放到抽屜裡。一天，她發現他的襪子全是藍色的，而且都是同一個款式，她覺得不可思議。他笑笑說：

『全都一樣，就不用找對另一隻。』

她咯咯地笑了，沒想到男生是這樣的。

她捨不得花錢買衣服，倒是多買了幾雙襪子。她每一雙襪子都不一樣，都是有圖案的，用最低調的方式來點綴她一身樸素的衣服。她現在倒是有些後悔了，她要把襪子湊近眼睛看，才能找出相同的一雙。

他的書架亂七八糟。她把掛在書架旁邊的那副骷髏骨頭拿下來，放在床上，然後動手整理書架上的書。

過了一會，她轉過身去，發現一個中年男人站在門口，似乎已經來了一會兒光景。

她除下耳機，問：

『請問你找誰？』

『我找徐宏志。』

『他上課去了，你是？』

『我是他爸。』徐文浩說。他朝那張床一瞥，不無震驚地發現，躺在床上的，不是他兒子，而是一具骷髏骨。

她沒想到這個高大的，有一把冷靜而威嚴的聲音的男人，是徐宏志的父親。她連忙拉了一把椅子給他。

徐文浩在椅子上坐了下來，發現他兒子的房間比他上次來的時候整潔了許多，似乎是有一雙手在照顧他。

『世伯，你要喝點甚麼嗎？』她問。

『不用了。』

『他應該快下課的了。』她朝他微笑。

他朝書架看了看，問：

『這些書，他都看過了？』

『嗯，他喜歡看書。』她一邊收拾一邊說。

『我不知道他喜歡福爾摩斯。』他留意到書架上有一套福爾摩斯。

『他喜歡讀偵探小說，說是可以訓練邏輯思維。他也喜歡描寫法醫生涯的小說，雖然他並不想當法醫。』

『他想修哪一個專科？』

『腦神經外科。』她帶笑回答，心裡奇怪爲甚麼他不知道。

徐文浩朝這個女孩子看了一眼。他對她有些好奇。許多人都怕他，覺得他高不可攀，連他的兒子都有點怕他。眼前這個女孩子，卻把他當作一個普通人看待。現在，他甚至要從她那裡才知道兒子將來想要修哪一個專科。多少年了？他和兒子之間，總需要一道橋樑。

他聽到腳步聲，是他兒子的吧？也許是，也許不是，他不太確定。

『他回來了。』她肯定地說。

果然，過了一會，他看到兒子懷裡揣著書，神清氣爽地爬上樓梯。

徐宏志看到自己的父親和蘇明慧待在一起，不禁吃了一驚。他沒那麼輕鬆了，筆直的站在門口，叫了一聲爸。

『你找我有事嗎？』他問。

『我經過這附近，順便來看看你。』徐文浩說。

沉默了一陣，他問兒子：

『這位是你朋友吧？』

他點了點頭，走到她身邊，說：

『這是蘇明慧。』

徐文浩銳利地瞧了她一眼，說：

『那張畫，就是你畫的？』

他記起那天來看兒子，在一本畫展的場刊上見過她的畫。他的記性一向超凡，也遺傳給了兒子。

她訝異地朝徐宏志看。

『爸在畫展那本場刊上看過你的畫。』他告訴她。

她明白了，朝徐文浩點了點頭，回答說：

『是的，世伯。』

『這個周末是我的生日，蘇小姐，賞面來吃頓飯吧。』

她轉過頭去看徐宏志，徵求他的同意。

徐文浩已經從椅子上站了起來，像對兒子下一道命令似的，說：

『八點鐘，就我們三個人。』

徐宏志無奈地朝父親點了點頭。
『我走了。』徐文浩說。
『爸，我送你出去。』
『不用了，你陪著蘇小姐吧。』
徐文浩出去了。徐宏志這才鬆了一口氣。他放下書，在那具骷髏骨頭旁邊躺下來，頭枕在雙手上。
『你很怕你爸的嗎？你見到他，像見鬼一樣。』她朝他促狹地說。
『我才不怕他。』他沒好氣地說。
『是嗎？』她笑了，說：『你們兩個說話很客氣。』
『他喜歡下命令。』他不以爲然地說。
『我從來不知道我爸是甚麼樣子的。我兩歲後就沒見過他。』她說起來甚至不帶一點傷感。
他卻憐惜起來了。我們愛上一個人，希望和她有將來，遺憾的是，我們無法回到過去，修補她的不幸。她從小就沒有父親，他告訴自己，要對她好一點。
『你不怕我爸？你眞的敢跟他一起吃飯？』他笑著問。
她投給他一個天不怕地不怕的眼神，說：

『我連獅子老虎都不怕。何況，他是你爸。他又不會吃人。』

『他比獅子老虎可怕。』

『你不是說，你不怕他的嗎？』她瞧了他一眼。

『我是不怕。』他攬著那副骷髏骨頭，懶洋洋地說。

他不怕他父親這個人，他是怕跟這個永遠高高在上的人說話。

9

隔了一些距離，蘇明慧只能看到徐文浩的輪廓。他突然到來，彼此初次見面，她不好意思湊過去看他。然而，因爲變成了模糊的五官和輪廓，她能夠把這兩父子的身影重疊在一起來看。她發現他們有著幾乎一樣的輪廓，連聲音也相似。唯一的分別是，父親的聲音冷一點，是中年人的聲音；兒子的聲音年輕溫柔一點。

然而，她還是嗅聞得到，父子之間那種互相逃避的味道。兒子回來之前，父親威嚴的聲音中帶著幾分關愛，問起她，他兒子將來打算修哪一個專科。兒子回來了，關愛的語氣倏忽變成命令，造成了彼此之間的屏障。徐宏志也拒絕主動去衝破這道屏障。在房間裡蕩漾的，是父子間一場暗暗的角力。

她的童年沒有父母在身邊。全賴外婆，她的親情雖然有遺憾，卻不致匱乏。她甚至不知道別的家庭是怎樣的。認識了徐宏志，他告訴她，他的母親在飛機意外中死去。她看得出他和母親的感情很好。喪母之痛，幾乎把他打垮了。一天，他朝她感激地說：

『幸好遇上了你。』

原來，連她自己，也是緊接著壞消息而來的好消息。愛情往往隱含在機遇之中，他們何其相似？在人生逆旅中彼此安慰。

他很少談到他父親。見到他們兩父子之後，她終於明白了。

她想她愛的人快樂。一天，她問：

『我能爲你做甚麼？』

他微笑搖頭。

她以爲自己可以爲他做點甚麼。後來，她羞慚地發現，這種想法是多麼驕傲和自大。她不僅沒有將他們拉近，反而把他們推遠了。

10

周末的那天，天氣很好。徐宏志和她在石澳市集逛了一會。她帶了一份生日禮物給他父親。那是一尊巴掌般大的非洲人頭石雕，莉莉去年送給她的。莉莉做的石雕很漂亮，同學們都搶著收藏。這個雕像的表情，既嚴肅又有幾分憨態，很令人開懷。徐宏志的父親會喜歡的。

黃昏的時候，他們離開了市集。他牢牢握住她的手，沿著小徑散步到海邊。

『到了。』他突然停下來說。

浮現在她面前的，是一座童話中的美麗古堡。蜿蜒的車路兩旁，植滿了蒼翠的大樹，在晚霞與海色的襯托下，整幢建築恍如海市蜃樓，在眞實人間升了起來。

『你住在這裡？』她吃驚地問。

『我爸住在這裡。』他回答說，帶她走在花園的步道上。

『你還說你不是公子哥兒？』她瞧了他一眼。

『我當然不是公子哥兒。』他理直氣壯地說：『這些東西是我爸的，我有自己的生活。』

『你在這裡長大的嗎？』她站在花園中央，問他。

他點了點頭。

『比不上非洲的平原廣大。』她調皮地說。

雖然比不上非洲的平原廣大，然而，因爲留下了自己所愛的人長大的痕跡，也就不一樣了。她朝他看，心裡升起了一份欣賞之情。他是那樣樸素和踏實，一點也不像富家子。

他們走進屋裡去。傭人告訴徐宏志，他父親給一點公事拖延了，會晚點兒到。

穿過長長的大理石走廊時，她發現牆上掛著好多張油畫。她湊近點去看，這些藝術品在在顯示出收藏者非凡的聰明和精緻的品味。

『他是一位收藏家。』徐宏志說。

來到客廳，掛在壁爐上面的一張畫把她吸引了過去。那張畫並不大，是一張現代派田園畫。她湊上去看，畫裡的景物流露無窮盡的意味。

『這張畫很漂亮。』她嚮往地說，眼裡閃耀著喜悅的神采。

放棄畫畫之後，她已經很少去看畫了。這一張畫，卻震動了她的心弦，是她短短生命中見過最美麗的一張畫。她不無感傷地發現，她離開她的畫，已經很遠了。

『你也可以再畫畫的。』徐宏志在她身旁說。

她朝他堅定地搖頭。

她決定了的事情，是不會輕易改變的。

『你固執得可怕。』他投給她一個憐愛的微笑。

『我是的。』帶著抱歉，她說。

然後，她告訴他：

『能夠看到這張畫，已經很幸福。它眞是了不起，是誰畫的？』

『一位未成名的法國畫家。』後面有一把聲音回答她。

她轉過身去，發現徐文浩就站在她後面。

『這張畫是這間屋裡最便宜的，但是，不出十年，它會成為這裡最值錢的一張畫。這個人肯定會名滿天下。』徐文浩臉上流露驕傲的神色。

他帶著勝利的笑容，讚美自己的眼光，同時也發現，在一屋子的名畫之中，這個年輕女孩竟然能夠看出這張畫的不凡。他不免對她刮目相看。

11

這張描寫歐洲某處鄉間生活的油畫，一下子把三個人拉近了。

徐文浩對蘇明慧不無欣賞之情。她那麼年輕，看得出並非出身不凡。她見過的繪畫作品，肯定比不上他。然而，這個女孩子有一種天生的眼光。

徐宏志很少看到父親對人這麼熱情。他意識到，這一次，父親是朝他伸出了一雙友善的手。這雙手暖暖地搭在他的肩頭，告訴他：

『你喜歡的，我就尊重。』

父親看到那個非洲人頭石雕時，也流露讚賞的神色，那不過是一件學生的作品，他深知道，父親收藏的，全都是世上難求的珍品。他的讚賞，並非禮物本身，而是對這份心意的接納。

父親這雙友善的手感動了他。

蘇明慧驚訝地發現，就在這個晚上，徐宏志和他父親之間，少了一分角力，多了一分感情。

這一刻，他們留在客廳裡。這個寂寞的中年男人，放下了平日的拘謹，跟她侃侃而談，談到了畫家和畫，也述說了幾樁關於交易的軼事。她由衷地佩服他對藝術品豐富的知識、超凡的口味和熱情的追尋。他好像一下子年輕了許多，很想跟他們打成一片。待到他發現，不斷地提到自己的收藏品，似乎有點自鳴得意。於是，他換了一個話題，問起她，她家裡的狀況。

『我爸媽在我很小的時候就分開了。我是外婆帶大的，她在我十五歲那年過身了。』她回答說。

他微微點了點頭，又問：

『這個暑假，你們有甚麼計劃？』

『我會留在學校溫習。』徐宏志說。

她看見徐文浩臉上掠過一絲失望的神情。他也許希望兒子回到這間空盪盪的大屋來，卻無法直接說出口。他們之間還需要一點時間。但是，比起上一次，已經進步多了。

『我申請了學校圖書館的暑期工。』她說。

『是不是我們家捐出來的那座圖書館？』徐文浩轉過臉去問兒子。

徐宏志點了點頭，回答說：『是的。』

她詫異地望著他，沒想到學校最大的圖書館『徐北林紀念圖書館』原來是他們捐的。他從來就沒有告訴她。

『是爸用祖父的名義捐贈的。』他聳聳肩抱歉地朝她看，好像表示，他無意隱瞞，只是認爲，這些事情跟他無關，他還是他自己。

後來，話題又回到繪畫之上。

『你最近畫了甚麼畫？』徐文浩問。

『我已經沒有畫畫了。』她回答道。

『爲甚麼？』

『我眼睛有問題，不可能再畫畫了。』

『你的眼睛有甚麼問題？』他關切地問。

『我會漸漸看不見。』她坦率地說，『我患的是視覺神經發炎，我的視力在萎縮，也許有一天會完全看不見。』

『那天也許永遠不會來臨。』就在這刻，徐宏志牢牢把她的手握住，投給她支持的一瞥。

『那很可惜。』徐文浩朝她點了點頭，表示理解和明白的樣子。

然後，他站了起來，說：

『來吧，我們去吃飯。』

12

徐宏志把蘇明慧送了回去，才回到自己的房間來。臨走之前，他在床畔給她讀完了福爾摩斯的《吸血鬼探案》。然後，他把燈關掉，壓低聲音嚇唬她：

『我走啦！你自己小心點。』

她滑進被窩裡，兩條手臂伸了出來，沒好氣地說：

『我不怕黑的。』

剛才，離開家裡的時候，他告訴她：

『我爸看來很喜歡你。』

『我的確是很可愛的。』她神氣地說。

他笑了：『非洲熱情的沙漠融化了南極的一座冰山。』

『你看不出他很寂寞嗎？』她說。

他聳了聳肩。

『也許他想念你媽媽。』停了一下，她說：『我要比你遲死，我先死，你一定受不了。』

他笑笑說：『你咒我早死？』

『男人的寂寞比女人的寂寞可憐啊！這是我外婆說的。我的外曾祖母很年輕就過身，留下我的外曾祖父，一輩子思念著亡妻。當年在重慶，他倆的愛情故事是很轟烈的。』

『我爸並沒那麼愛我媽。』他說。

兩年前的一個黃昏，他在這裡溫習，突然接到母親打來的一通電話：

『有興趣陪一個寂寞的中年女人去吃頓飯嗎？』母親在電話那一頭愉悅地說。

他笑了，掛上電話，換了衣服出去。

母親就是這樣，永遠不像母親。他們倒像是朋友、姊弟、兄妹。她跟父親壓根兒是兩個不同的人。

母親開了家裡那部敞篷車來接他。他還記得，母親那天穿了一身清爽俐落的白衣褲，頭上綁了一條粉紅色的圖案絲巾，鼻梁上架著一副圓形墨鏡，遮了半張臉。他取笑她看起來像一隻大蒼蠅。

她緊張地問：

『他們說是今年流行的款式。眞有那麼難看嗎？』

『不過，倒是一隻漂亮的大蒼蠅。』他說。

母親風華絕代，不需要甚麼打扮，已經顚倒眾生。

車子朝沙灘駛去。在夕陽懶散的餘暉中，他們來到一間露天餐廳。

『我明天要到印度去。』母親告訴他。

『你去印度幹甚麼？』

『那是我年輕時的夢想啊！那時候，要是我去了加爾各答，也許就沒有你。』

母親生於一個幸福的小康之家。這個美麗善良的女孩子，從小就在天主教會辦的學校長大。十七歲那年，她立志要當修女，拯救別人的靈魂。

外公外婆知道了獨生女的想法之後，傷心得好多天沒跟她說過一句話。母親心都碎了，她想，她怎麼可以在拯救別人的靈魂之前，首先就傷透了父母的靈魂？

一天，外婆跟母親說：

『這個世界上，有很多人都在疾病的痛苦之中，你爲甚麼不去拯救他們？』

終於，母親順從了外婆的意思，進了一所護士學校。但她告訴自己，她會慢慢說服父母讓她去當修女的。修女和護士的身分，並沒有矛盾。總有一天，她要奔向她仁慈的天主。

天主在遠，愛情卻在近。

幾年後的一天，祖母因爲胃炎而進了醫院。當時負責照顧她的，正是剛滿二十二歲的母親。祖母好喜歡這個單純的女孩子，一心要撮合她和自己的兒子。

那一年，父親已經三十四歲了。父親一向眼高於頂。多年來，不少條件很好的女孩子向他送秋波，他都不放在眼裡。

祖母爲了讓他們多點見面，明明已經康復了，還是說身體虛弱，賴在醫院不走。出院後，祖母又以答謝母親的用心照顧爲理由，邀請她回家吃飯。

當時，母親還看不出祖母的心思，父親倒是看出來了。既出於孝順，也是給母親清麗的氣質吸引。他開始約會她。

比母親年長十二歲的父親，沒爲愛情改變多少，依然是個愛把心事藏起來的大男人。他對女朋友並不溫柔體貼，反而像個司令官，談情說愛也擺脫不了命令的口吻。

『一年後，我實在受不了他。那時候，我決定去加爾各答的一所教會醫院工作，那邊也接受了我的申請。出發前幾天，我才鼓起勇氣告訴你爸。』母親說。

就在那一刻，她看到這個男人眼裡不捨的神情，在他臉上讀到了比她以爲的要深一些的愛戀。

回去的路上，他靜靜地朝她說：

『我們結婚吧！』

她本來已經決定要走，就在一瞬間，她動搖了。

發現她沒有馬上就答應，於是，他說：

『你不嫁給我，不會找到一個比我好的。你的天國不在印度。』

『那天，我以為他這番說話是難得一見的幽默感，原來，他是認眞的。他眞的覺得自己是最好的。』母親笑了起來，說：『你爸眞的很聰明。我好愛他。我崇拜他，就像一條小毛蟲崇拜在天空中飛翔的兀鷹。』

他看得出來，母親一直很崇拜父親。她愛父親，比父親愛她多。她習慣了聽命於父親，把她無盡的深情，奉獻給那顆過於冷靜的靈魂。

『爸也許是一隻孤獨的兀鷹，但你絕對不是小毛蟲。』他呵呵地笑了。

『幸好，你像你爸，遺傳了他的聰明。他常說我笨。』

『媽，你不笨。爸一向驕傲。』他說。

『別這樣說你爸。不管怎樣，你得尊重他。你爸一直是個很正派的人。他也很疼你。』

『他疼愛我們，就像天主疼愛祂的子民一樣，是高高在上的施與。』他說。

『他只是不懂表達他的感情。他跟你祖父也是這樣的。他們兩父子一起時，就像兩隻並排的兀鷹，各自望著遠方的一點，自說自話。』
他燦然地笑了。母親倒是比父親有幽默感。
『男人就是有許多障礙。』母親說，眼裡充滿了諒解和同情。
夜色降臨的時候，露天餐廳周圍成百的小燈泡亮了起來，與天際的繁星共輝映。那天晚上，母親的興致特別好，談了很多從前的事。
沉浸在回憶裡的女人，好像預感自己不會回來似的。她慈愛地對兒子說：
『每一次，當我看到你，我都慶幸自己沒進修道院去。要是我去了，將會是我這輩子最大的損失。』
他沒料到，這是母親留給他最後的一句話。
第二天，母親提著一口沉重的箱子，帶著一張支票，搭上飛往印度的班機，去圓她的青春年少夢。那筆錢是捐給教會醫院的。母親還打算在醫院裡當一個月的義工。
惡劣天氣之下，機師仍然試圖在加爾各答的機場降落。結果，飛機衝出跑道，瞬間著火，機上的乘客全部葬身火海。

夢想破碎和墜落了，母親在她半輩子嚮往的天國魂斷。

那個地方眞的是天國嗎？

假使她沒去，也許永遠都是。

鮮活的肉體，化作飛灰回航，傷透了兒子的心。他的生命，星河寂靜，再沒有亮光閃爍。

悲傷的日子裡，他以爲父親就跟他一樣沉痛。然而，父親仍舊每天上班去，沒掉過一滴眼淚。他甚至責備兒子的脆弱。

他不免恨父親，恨他多年來把寂寞留給母親，恨他那種由上而下的愛，也恨他冷漠和自私的靈魂。

直到今天，父親突然向他伸出一雙友善的手。他也看到了父親的蒼蒼白髮。兀鷹老了。

他愛他的父親，也許比他自己所想的還要愛得多一些。假如父親能用平等一點的方式來愛他，他會毫不猶疑地朝那樣的愛奔去。

他記起來了，就在母親離開之後半年。有一天，父親在家裡摔斷了一條腿。他說是不小心摔倒的，並且以驚人的意志力，在比醫生預期要短很多的日子再次站起來。

父親眞的是不小心摔倒嗎？還是由於思念和悲傷而踏錯了腳步？

不掉眼淚的人，難道不是用了另一種形式哭泣？

兩年來，他第一次意識到，他誤解了父親。假如他願意向父親踏出一步，母親會很安慰。二十多年前，這個女孩子爲了一段愛情而留在塵俗。她不會願意看見她親愛的丈夫和兒子，在她離去之後，站在敵對的邊緣。

13

他是如此渴望回報那雙友善的手。幾天後，當父親打電話來，要他回家一趟的時候，他幾乎是懷著興奮的心情奔向那羞怯的父愛。

經過這許多年，他們終於可以坐下來，放下歧見和誤解，放下男人的障礙，說些父子之間的平常話。他會告訴父親他將來的計劃。也許，他們會談到母親。

父親在家裡的書房等他。書桌上，放著蘇明慧送的那個非洲人頭石雕。

這又是一個友善的暗示。他心都軟了，等待著父親愛的召喚。

這一刻，父親坐在皮椅子裡，臉上掛著一個罕有的、慈祥的笑容。

『你記得魯叔叔吧？』父親傾身向前，問他。

『記得。』他回答說。魯叔叔是父親的舊同學。

『魯叔叔的弟弟是美國很有名的眼科醫生，一個很了不起的華人。關於那個病，我請教過他。』

『他怎麼說？』他急切地問，心裡燃起了希望。

『視覺神經發炎，到目前爲止，還沒有任何藥物或手術可以治療。』

他失望地點了點頭。

『你有沒有考慮清楚？』父親突然問。

他詫異地抬起眼睛，說：

『我不明白你的意思。』

『有一天，她會失明。』

『也許不會。』他反駁道。

『你不能否定這個可能。』

『到那一天，我會照顧她。』他篤定地說。

『照顧一個盲人，沒你想的那麼容易。』

『我會盡力。』他回答說。

『她會阻礙你的前程。』父親說。

他吃驚地望著父親，難以相信父親竟然說出這種話。

『爸，你不了解愛情。』他難過地說。

『但我了解人性。』徐文浩冷冷地說，『有一天，你會抱怨，你會後悔。愛情沒你想的那麼偉大。』

他沮喪地望著父親，說：

『你不了解我。你太不了解我。』

『你這是醫生氾濫的同情心。』徐文浩不以爲然地說。

『愛一個人，並不只是愛她健康的時候，也愛她的不幸。』他說。

『一個人的不幸並不可愛。』徐文浩淡然地說。

他絕望地看著父親。母親用了短暫的一生，也救贖不了這顆無情的靈魂。他憑甚麼以爲自己可以感化父親？他未免太天眞了。

『我決定了的事，是不會改變的。』他堅定地說。

徐文浩從椅子上站了起來，說：

『你堅持這個決定的話，我不會再支付你的學費和生活費。』

他啞然吃驚地朝他自己的父親看。他從來一刻也沒想過，父親竟會使出這種卑鄙的手段。

『我也不需要。我從來就沒有稀罕。』他說。

眼看這番話沒有用，徐文浩溫和地對兒子說：

『你沒吃過苦。』

『我會去克服。』

『別幼稚了！她願意的話，我可以送她去外國讀書，在那裡，盲人會得到更好的照顧。』

『她也不會稀罕的，而且，她還沒有盲。』他陡地站了起來說。

現在，他們面對面站著，橫亙在父親與兒子之間的，是新的怨恨和再也無法修補的舊傷痕。

『你會後悔的。』徐文浩驕傲地說。

『只要能夠和自己所愛的人在一起，其他一切，都不重要了。』一種堅毅的目光直視他父親。

『我給你一天時間考慮。』徐文浩遏住心中的怒火說。他已經聽夠了兒子那些愛的宣言和教訓。終有一天，這個天眞的孩子會明白，他這樣做是爲了他好。

『一分鐘也不需要考慮。』

那個回答是如此決絕，冒犯了父權的尊嚴，枉費了父親的愛。徐文浩的臉一下子氣得發白。

然後，兒子說了傷透他心的說話。

『她可以不說的。她敬重你，說了，你反而嫌棄她，我爲你感到可悲。』

就在那一瞬間，一個響亮的巴掌打在徐宏志臉上。他痛得扭過頭去，悲憤的淚水，很沒出息地濕了眼眶。

14

父親的那一巴掌，沒有動搖他，反而提醒了他，男女之愛並不比骨肉之情大一些，而是自由一些。我們遇上一個乍然相逢的人，可以選擇去愛或不愛。親情卻是預先設定的，這種預先設定的血肉之親，是一本嚴肅的書，人們只能去閱讀它。愛情是一支歌，人們能夠用自己的方式唱出來。每一支歌都是不一樣的，親情卻總是隱隱地要求著回報和順從。他不想批評父親，他也深愛母親。但是，他對蘇明慧的愛是不可以比較的。她是他自己選擇的一支歌。這種全然的自由，值得他無悔地追尋。

15

這一天，蘇明慧要他陪她到一個露天市集去。那是個買賣舊東西的地方，有書、衣服、首飾、家具、音響和電器，都是人家不要的。

她停在一個賣電視的地攤前面，好幾十台大大小小的電視放在那裡。手臂上有一個老虎狗刺青的老攤販，坐在一張小圓凳上讀報，對來來往往的人擺出一副愛理不理的態度。

『爲甚麼不買新的？』他問。

『舊的便宜很多！這些電視都維修好了，可以再用上幾年。』她回答說。

烈日下，她戴著那頂小紅帽，在一堆電視中轉來轉去，終於挑出一台附錄影機的小電視。

『這一台要多少錢？』她問攤販。

那個攤販懶洋洋地瞧了瞧他倆，發現是兩個年輕人，於是狡詐地開了一個很高的價錢。

『這個爛東西也值？』她瞪大眼睛說。

『那麼，你開個價吧！』攤販像洩了氣似的。

她說了一個價錢，他搖著頭說不可能。他還了一個價錢。她像個行家似的，一開口就把那個價錢減掉一半。

這一刻，徐宏志發現自己尷尬地站在一旁，幫不上忙。他從來沒買過舊東西，更不知道買東西原來是可以殺價的。他看著他愛的這個女人。她像一條小鱷魚似的，毫無懼色地跟一個老江湖殺價，不會騙人，也絕對不讓自己受騙。他對她又多了一分欣賞。

母親從小就不讓他成爲一個依賴父蔭的富家子。她要他明白，他和普通人沒有分別。他和同學一起擠公車上學。他要自己收拾床鋪。他穿的都是樸素的衣服。母親最肯讓他花錢的，是買書。他想買多少都行。

直到他上了中學。一天，他帶了同學回家吃午飯。傭人煮了一尾新鮮的石斑魚給他，他平常都吃這個。

那位同學一臉羨慕地說：

『你每天都吃魚的嗎？』

那時他才知道，食物也有階級。他們是多麼富有。

然而，他一直也覺得，這一切都不是他的。父親從祖父手裡接過家族的生意。他們家的財富，在父親手裡又滾大了許多倍。但是，這些都與他無關，他有自己的夢想和人生。

他朝他的小鱷魚看，高興卻又不無傷感地發現：她比他更會生存和掙扎。那麼，會不會有一天，她不再需要他？他不敢想像沒有她的日子。

16

突然，她轉過身來，抓住他的手，說：

『我們走！』

他們才走了幾步，那個老攤販在後面叫道：

『好吧！賣給你。』

她好像早已經知道對方會讓步，微笑著往回走。

她竟然用了很便宜的價錢買下那台小電視。他不無讚歎地朝她看，她神氣地眨眨眼睛。

就在他們想付錢的時候，她發現小圓凳旁邊放著一台電視，跟他們想買的那一台差不多。

『這一台要多少錢？』她問。

『這一台不賣的。』攤販說。

『爲甚麼？』

『質素不好的，我們不賣。』那攤販驕傲地說。

『有甚麼問題？』帶著尋根究底的好奇心，她問。

『畫面有雪花。』

『很嚴重？』

『不嚴重，就是有一點雪花。』

她眼珠子一轉，問：

『那會不會比這一台便宜？』

那攤販愣了一下，終於笑了出來，說：

『姑娘，一百塊錢，你拿去好了，你看來比我還要窮。』

她馬上付錢，這一台又比她原本要買的那一台便宜一些。

他們合力扛著那台小電視離開市集。

回去宿舍的路上，他問：

『你買電視幹嗎？』

『回去才告訴你。』她神神秘秘地說，頭上的小紅帽隨著她身體的動作歪到一邊。

17

『爲甚麼不買好的那一台？』他問。

她朝他笑了笑，說：

『反正對我來說都沒分別。我只要聽到聲音就行了。』

他把電視裝上，畫面是有一點雪花，但遠比想像中好。她將一卷錄影帶塞進去，那是一套由美國電視攝製隊拍攝的野生動物紀錄片。螢幕上，一頭花豹在曠野上追殺一隻大角斑羚。那頭受了傷的大角斑羚，帶著恐懼和哀悽的眼神沒命逃跑，沒跑多遠就倒了下去。

『原來你要看這個。』他說。

『我要把英語旁白翻譯成中文字幕。這套紀錄片會播一年，是莉莉幫我找的。她有朋友在電視台工作。』她說。

『你哪裡還有時間？』帶著責備和憐惜的口氣，他說。

『我應付得來的。我是很幸運才得到這份差事的。沒有門路，人家根本不會用一個學生。』她說。

『我和你一起做。』他說。

『你哪有時間？你的功課比我忙。』

『我不會讓你一個人做。』他固執地說。

她知道拗不過他，只好答應。

片中那頭花豹啣著牠的戰利品，使勁地甩了甩，似乎要確定口中的獵物已經斷氣。

『在動物世界裡，互相殺戮是很平常的事。爲了生存，牠們已經盡量做到最好。』她說。

再一次，他不無傷感地發現；在命運面前，她比他強悍。他曾經以爲她需要他。他忽爾明瞭，是他更需要她多一些。

她爲他分擔了學費和生活費，現在，她又忘了自己的眼睛多麼勞累，多接了一份兼職。那個在地攤前面殺價的她，那個淌著汗跟他一起扛著電視穿過市集的女孩，他虧欠她太多了。

18

蘇明慧從非洲回來之後，每逢假期，外婆會帶她到郊外去。有時候，她們也去動物園。外婆可憐這個小孫女成天困在圖書館裡，於是想到要在生活中爲她重建一片自由的天地。

她並不喜歡動物園，她不忍心看見那些動物關在籠子裡，失去了活著的神采，終其一生要等候別人來餵飼，甚至從不知道在曠野上奔跑的自由。這種自由，是值得爲之一死的。

但是，爲了不讓外婆失望，每次到動物園去，她都裝著很興奮和期待。

有一年，一個俄羅斯馬戲團來到這個城市表演。外婆買了票和她一起去看。她們坐在那個臨時搭建的大帳篷裡，她看到了馴獸師把自己的腦袋伸進一頭無牙的獅子口裡。她也看到六頭大象跟著音樂踢腿跳舞，贏得了觀眾的喝采。

馬戲團是個比動物園更悲慘的地方。這些可憐的動物經常給人鞭打，爲了討好人類而做出有如小丑般的把戲。當牠們老邁的時候，就會遭到遺棄或是給人殺掉。

當生命並非掌握在自己手裡，何異於卑微的小丑？

爲了外婆，那一次，她裝著看得很高興，還吃了兩球冰淇淋，結果，回去之後，她整夜拉肚子，彷彿是要把看過的殘忍表演從身體裡吐出來。

然而，人原來是會慢慢適應某種生活的。爲了外婆而假裝的快樂，漸漸變成眞心的。後來，再到動物園去，她臉上總會掛著興奮的神色。她甚至爲每一頭動物起一個名字。她憐愛牠們，同情牠們。她也感激外婆，爲了她最愛的外婆，她要由衷地微笑。

19

在她更小的時候，她還沒到非洲去，一天，她從樓梯上摔了下來，兩個膝蓋的皮都磨破了。她痛得蒙上淚花，楚楚可憐的眼睛朝外婆看，心裡說：

『扶我起來吧！』

外婆站在那兒，不爲所動地盯著她說：

『爬起來，不要哭。』

她咬著牙搖搖晃晃地爬了起來。外婆朝她說：

『現在，笑一下。』

她忘記了那個微笑有多麼苦澀。但是，她學會了跌倒之後要盡快帶著一個微笑爬起來。她從沒見過外婆和母親掉眼淚。母親不哭是無情。那外婆呢？外婆要她堅強地活著。

外婆在病榻上彌留的時候，她在床前，很沒用的噙著淚水。外婆虛弱地朝她看，像是責備，卻更像是不捨。她連忙抹乾眼淚，換上一個微笑。直到外婆永遠沉睡的那一刻，她再沒有哭。

外婆死後，她要一邊幹活一邊讀書。她的母親從非洲寄來一筆錢，她退了回去。她不想用母親的錢。上了大學，她有助學金和貸款，又有兼職，要養活自己並不困難。她只是沒料到會有這個病。

二年級的暑假之後，圖書館繼續用她兼職，於是，她辭去了便利商店的工作。現在，她為電視台翻譯一套動物紀錄片。她還瞞著徐宏志，為出版社翻譯一些自然生態的書。

醫科四年級的功課那麼忙，他根本不可能像她一樣去兼職。他成績優異，卻不能申請醫學院的獎學金。那個獎學金是他父親以家族教育基金的名義設立的。接受獎學金，就等如接受父親的資助。他的家境，也太富有去申請助學金了。現在，他每天下課後去替一個學生補習。回來之後，往往要溫習到夜深，第二天大清早又要去上課。

他爲她犧牲太多了。這種愛，就像野生動物一輩子之中能在曠野上奔跑一回，是值得爲之一死的。

20

有時候，她會預感那一天來臨，尤其是當她眼睛困倦的時候。

到了那一天，她再也看不見了。

他將是她在這世上看到的最後一抹，也是最絢爛的一抹色彩，永遠留駐在她視覺的回憶裡。

當約定的時刻一旦降臨，我們只能接受那卑微的命運。

然而，那一天，她會帶著微笑起來，和他慢舞。

21

每天下課後，徐宏志要趕去替一個念理科的十六歲男孩補習。這個仍然長著一張孩子臉的男生要應付兩年後的大學入學試。他渴望能上醫學院。

男孩勤力乖巧，徐宏志也教得特別用心，經常超時。

男孩跟父母親和祖母同住。這家人常常留徐宏志吃飯。每一次，他都婉拒了。並不是男孩家裡的飯不好吃，相反，男孩的祖母很會做菜。然而，只要想到蘇明慧爲了省錢，這個時候一定隨隨便便吃點東西，他也就覺得自己不應該留下來吃飯。

今天，他們又留他吃飯。他婉謝了。今天是他頭一次發薪水，他心裡焦急著要讓蘇明慧看看他努力了一個月的成績。從男孩的祖母手裡接過那張支票時，他不免有點慚愧。有生以來，他還是頭一次工作賺錢。他從前總認爲自己沒倚靠家人。這原來是多麼幼稚的自欺？

整天忙著上課，沒怎麼吃過東西。離開男孩家的時候，他餓得肚子貼了背，匆匆搭上一班火車回去。

22

火車在月台靠停，乘客們一個個下車。就在踏出車廂的一瞬間，他驀然看到了一個美麗的身影。她戴著耳機，背包抱在胸懷裡，坐在一張長椅上，滿懷期待地盯著每一個從車廂裡走出來的人。

他佇立在燈火闌珊的月台上，看著這個他深愛的女人。他與她隔了一段距離，她還沒發現他，依然緊盯著每個打她身旁匆匆走過的人。

就在這短短的一刻，他發現自己對她的愛比往日更深了一些，直嵌入了骨頭裡。

火車軋軋地開走了，月台上只剩下他一個人。她終於看到他了。她除下耳機，興奮地朝他抬起頭來，舉起手裡的一個紙袋，在空中搖晃。

他朝她走去。她投給他一個小小的，動人心弦的微笑。

他靠著她坐了下來。

『你爲甚麼會在這裡？』聲音裡滿溢著幸福和喜悅。

她臉上漾開了一朵玫瑰，說：

『你一定還沒吃東西。』

她打開紙袋，摸了一個鹹麵包給他。他狼吞虎嚥的吃了。

她用手背去撫摸他汗濕的臉，又湊上去聞他，在他頭髮裡嗅到一股濃香。
她皺了皺眉，說：
『你吃過飯了？』
他連忙說：『他奶奶煮了蝦醬雞，她有留我吃，可我沒吃啊！』
看到他那個緊張的樣子，她笑了，笑聲開朗天眞：
『這麼美味的東西，你應該留下來吃。』
『這個麵包更好吃。』他一邊吃一邊說。
她帶來了水壺。她把蓋子旋開，將水壺遞給他。
他喝了一口水，發現自己已經吃了很多，她卻還是一小口一小口的吃著第一個麵包。
『你爲甚麼吃得這麼少？』他問。
『我不餓。』她說。她把最後一個麵包也給了他，說：『你吃吧。』
『我有東西給你看。』他從口袋裡摸出那張摺成一個小長方的支票給她看，興奮地說：
『我今天發了薪水。』
『我也是。』
她笑笑從背包摸出她的那一張支票來，說：
『我還是頭一次自己賺到錢。』他不無自嘲地說。

她笑了：『那種感覺很充實吧？』

『就像吃飽了一樣充實。』他拍拍肚皮說。

她靠在他身上，瞇起眼睛，仰頭望著天空，問：

『今天晚上有星嗎？太遠了。我看不清楚。』

『有許多許多。』他回答說。

3

chapter

美麗的寓言

1

這幢灰灰白白的矮房子在大學附近的小山坡上，徒步就可以上學去。徐宏志和蘇明慧租下了二樓的公寓。面積雖然小，又沒有房間，但有一個長長的窗台，坐在上面，可以俯瞰山坡下的草木和車站，還可以看到天邊的日落和一小段通往大學的路。

房東知道徐宏志是學生，租金算便宜了，還留下了家具和電器。然而，每個月的租金，始終是個很大的負擔，可他們也沒辦法。她畢業了，不能再住宿舍。

他們懷抱著共同生活的喜悅，把房子粉飾了一番。他用舊木板搭了一排書架，那具骷髏骨依然掛在書架旁邊，就像他們的老朋友似的。聽說它生前是個非洲人，也只有這麼貧瘠的國家，才會有人把骨頭賣出來。

2

戀愛中的人總是相信巧合。是無數的巧合讓兩個人在茫茫人世間相逢，也是許多微小的巧合讓戀人們相信他們是天生一對，心有靈犀，或是早已注定。她對這副非洲人骨，也就添了幾分親厚的感情。她愛把脫下來的小紅帽作弄地往它頭上掛。

後來的一個巧合，卻讓她相信，人們所以爲的巧合，也許並不是一次偶然。一朵花需要泥土、陽光、空氣、雨水和一隻腳上黏著花粉的蝴蝶剛好停駐，才會開出一朵花。我們所有的不期而遇，不謀而合，我們所有的默契，以至我們相逢的腳步，也許都因爲兩個人早已經走在相同的軌道上。

一天，她在收拾她那幾箱搬家後一直沒時間整理的舊東西時，發現了一本紅色絨布封面，用鐵圈圈成的郵票簿。她翻開這本年深日久，早已泛黃的郵票簿，裡面每一頁都貼滿郵票，是她十三歲以前收藏的。

她曾經有一段日子迷上集郵。那時候，她節衣縮食，儲下零用錢買郵票。其中有些是她跟同學交換的，有些是外婆送的，也有一些是她在非洲的時候找到的。所有這些郵票，成了她童年生活的一個片段。每一枚郵票，都是一個紀念、一段永不復返的幸福時光。

也許，她想，也許她可以把郵票拿去賣掉。經過這許多年，郵票應該升値了，能換到一點錢。

從大學車站上車，在第七個車站下車。車站旁邊有一家郵票店，名叫『小郵筒』，店主是個小個子的中年男人，有一雙精明勢利的小眼睛，看來是個識貨的人。

小眼睛隨便翻了翻她那本孩子氣的郵票簿，說：

『這些都不值錢。』

她指了指其中幾枚郵票，說：

『這些還會升值。』

小眼睛搖了搖他那小而圓的腦袋，說：

『這些不是甚麼好貨色。』

她不服氣地指著一枚肯亞郵票，郵票上面是一頭冷漠健碩的獅子，擁有漂亮的金色鬃毛。

『這一枚是限量的。』她說。

小眼睛把郵票簿還給她，說：

『除了鑽石，非洲沒甚麼值錢的東西。』

她知道這一次沒有殺價的餘地了，只好接過那七百塊錢，把童年回憶賣掉。但她拿走了那枚肯亞郵票。

回去的時候，她為家裡添置了一些東西，又給徐宏志買了半打襪子。他的襪子都磨破了。

3

『我不賣了。』徐宏志把對方手上的郵票簿要回來，假裝要離開。

這個小眼睛的郵票商人剛剛翻了翻他帶來的郵票簿，看到其中幾個郵票時，他眼睛射出了一道貪婪的光芒，馬上又收斂起來，生怕這種神色會害自己多付一分錢。最後，這個奸商竟然告訴他，這些郵票不值錢。

看見徐宏志真的要走，小眼睛終於說：

『呃，你開個價吧。』

『一萬塊。』徐宏志說。

『我頂多只會給四千塊。』

『七千塊。』徐宏志說。

小眼睛索性拿起放在櫃台上的一張報紙來看，滿不在乎地說：

『五千塊。你拿去任何地方也賣不到這個價。』

他知道這個狡猾的商人壓了價，但是，急著賣的東西，從來就不值錢。他把郵票簿留在店裡，拿著五千塊錢回去。

這本郵票簿是他搬家時在一堆舊書裡發現的。他幾乎忘記它了。他小時候迷上集郵。這些郵票有的是父親送的，有的是母親送的，也有長輩知道他集郵而送他的稀有郵票。

曾經有人，好像是歌德說：『一個收藏家是幸福的。』集郵的那段日子，他每天晚上認眞地坐在書桌前面，用鉗子夾起一個個郵票，在燈下仔細地欣賞那些美麗的圖案，就這樣消磨了許多幸福的時光。

他從來沒想到有一天能賣掉它們來換錢。他知道這些郵票不止值一萬塊，誰叫他需要錢？醫科用的書特別貴，搬家也花了一筆錢。

他很高興自己學會了議價，雖然不太成功。

4

徐宏志回來的時候，她剛好把新買的襪子放進抽屜去。聽到門聲的時候，她朝他轉過身去。

『我有一樣東西給你。』他們幾乎同時說。

『你先拿出來。』她笑笑說。

他在錢包裡掏出那五千塊錢，交到她手裡。

『你還沒發薪水，爲甚麼會有錢？』

『我賣了一些東西。』他雙手插在口袋裡，聳聳肩膀。

『你賣了甚麼？』她疑惑地朝他看。

『我把一些郵票賣了。』他靦腆地回答。他從來就沒有賣過東西換錢，說出來的時候，不免有點尷尬。

她詫異地朝他看，問：

『你集郵的嗎？』

『很久以前的事了，我都幾乎忘記了，是在那堆舊書裡發現的。』他回答說。

然後，他滿懷期待的問：

『你有甚麼東西給我？』

她笑了，那個笑容有點複雜。

『到底是甚麼？』他問。

她朝書桌走去，翻開放在上面的一本書，把夾在裡面的那枚肯亞郵票拿出來，小心翼翼地放在他的掌心裡。

他愣住了：『你也集郵的嗎？』

『很久以前了。我剛拿去賣掉。這一個，我捨不得賣，我喜歡上面的獅子。』

『爲甚麼從來沒聽你說集郵？』

『跟你一樣，我都幾乎忘記了。你賣了給誰，能換這麼多錢？』

『就是那間「小郵筒」。』

她掩著嘴巴，不敢相信他們今天差一點就在那兒相遇。

『你也是去那裡？』他已經猜到了。

她點了點頭。

『他一定壓了你價吧？』他說。

她生氣地點點頭。

『那個奸商！』他咬牙切齒地說。

『我那些郵票本來就不值錢，賣掉也不可惜。』她說。

他看著手上那枚遠方的郵票。它很漂亮，可惜，他已經沒有一本郵票簿去收藏了。

『以後別再賣任何東西了。』他朝她說。

再一次，她點了點頭。

那些賣掉了的郵票是巧合嗎？是偶然嗎？她寧可相信，那是他倆故事的一部分。他們用兒時的回憶，換到了青春日子裡再不可能忘記的另一段回憶。

他們給壓了價，卻賺得更多。

5

公寓裡有一個小小的廚房，他們可以自己做飯，但他們兩個都太忙了。爲了節省時間，她常常是把所有菜煮成一鍋，或是索性在學校裡吃。他要應付五年級繁重的功課和畢業試，又要替學生補習。爲了多賺點錢，他把每天補習的時間延長了一個鐘。

她當上了學校圖書館的助理主任。她喜歡這份工作。館長是個嚴厲的中年女人，但是，她似乎對她還欣賞。當其他同學畢業後都往外跑，她反而留下來了。她甚至慶幸可以留下。這裡的一切都是她熟悉的，又有徐宏志在身邊，日子跟從前沒有多大分別。

那套動物紀錄片已經播完了。她接了另一套紀錄片，也是關於動物的。她還接了一些出版社的翻譯稿。

也許有人會說這種日子有點苦。她深知道，將來有一天，她和徐宏志會懷念這種苦而甜的日子，就連他們吃怕了的一品鍋，也將成爲生命中難以忘懷的美好滋味。那自然需要一點光陰去領會。他們有得是時間。

6

搬進公寓的那天，徐宏志靠在窗台上，給她讀福爾摩斯的《蒙面房客探案》。他打趣說，這個故事是爲了新居入伙而讀的。

到了黃葉紛飛的時節，他們已經差不多把所有福爾摩斯的故事讀完了。

『明天你想聽哪本書？』那天晚上，他問。

『我們不是約定了，讀甚麼書，由你來決定的嗎？』

他笑了笑：『我只是隨便問問，不一定會聽你的。』

『你有沒有讀過白芮兒．瑪克罕的《夜航西飛》？』她問。

他搖了搖頭。

『那是最美麗的飛行文學！連海明威讀過之後，都說他自己再也不配做作家了。聽說，寫《小王子》的聖修伯里跟白芮兒有過一段情呢！』她說。

她說得他都有點慚愧了，連忙問：

『那本書呢？』

『我的那一本已經找不回來了，不知是給哪個偷書賊借去的，一借不還。』停了一下，她嚮往地說：

『我會去找的。那是非洲大地的故事。』

7

他是甚麼時候愛上非洲的？

假如說愛情是一種鄉愁，我們尋覓另一半，尋找的，正是人生漫漫長途的歸鄉。那麼，愛上所愛的人的鄉愁，不就是最幸福的雙重鄉愁嗎？

隔天夜晚，他離開醫學院大樓，去圖書館接她的時候，老遠就看到她坐在台階上，雙手支著頭，很疲倦的樣子。

他跑上去，問：

『你等了很久嗎？』

『沒有很久。』她站起來，抖擻精神說。然後，她朝他搖晃手裡拿著的一本書。

他已經猜到是《夜航西飛》。

『圖書館有這本書。』她揉了揉眼睛，笑笑說：『我利用職權，無限期借閱，待到你讀完爲止。』

他背朝著她，彎下身去，吩咐她：

『爬上來！』

她仍然站著，說：

『你累了。』

『爬上來！』他重複一遍。

她趴了上去。就像一隻頑皮的狒狒爬到人身上似的，她兩條纖長的手臂死死地勾住他的脖子，讓他揹著回去。

『我重嗎？』她問。

他搖搖頭，揹著她，朝深深的夜色走去。

8

回去的路上，她的胸懷抵住他的背，頭埋他的肩膀裡。

『你有沒有讀過那個故事？大火的時候，一個瞎子揹著一個跛子逃生。』她說。

他心頭一酸，說：

『這裡沒有瞎子，也沒有跛子。』

『那是個鼓勵人們守望相助的故事。』她繼續說。

他把她揹得更緊一些，彷彿要永遠牢記著這個只有欠欠的一握，卻壓在他心頭的重量。

『我改變主意了。我不打算做腦神經外科。』他告訴她。

『為甚麼？』她詫異地問。

『我想做眼科。』他回答說。

她覺得身子軟了，把他抱得更牢一些。

『我會醫好你的眼睛。』他說。

『嗯！』她使勁地點頭。

在絕望的時刻，與某個人一同懷抱著一個渺茫的希望，並竭力讓對方相信終有實現的一天。這種痛楚的喜樂，惟在愛情中才會發生吧？她心裡想。

『圖書館的工作太用神了。』他憐惜地說。

『也不是。』她低聲說。

她的眼睛累了，很想趴在他身上睡覺。徐宏志說得對，但她不想承認，不想讓他擔心。

『等我畢業，你想做甚麼都可以。』他說。

『我想做一條寄生蟲。』

『社會的，還是個人的？』

『某個人的。』

『可以。我吃甚麼，你就吃甚麼，寄生蟲就是這樣的。』他挺起胸膛說。

她睡了，無牽無掛地，睡得很深。

9

半夜裡，蘇明慧從床上醒來，發現徐宏志就躺在她身旁。他睡了，像一個早熟的小孩似的，抿著嘴唇，睡得很認真，懷裡抱著那本《夜航西飛》。她輕輕地把書拿走，朝他轉過身去，在床頭小燈的微光下看他，靜靜地。

她好怕有一天再不能這樣看他了。

到了那天，她只能閉上眼睛回憶他熟睡的樣子。

那天也許永遠不會來臨，他曾經這樣說。

他說的是她眼睛看不見的那一天。

在這一時刻，她心裡想到的，卻是兩個那天。

第一個那天，也許會來，也許不會來。

第二個那天，終必來臨。

當我們如此傾心地愛著一個人，就會想像他的死亡。

到了那日，他會離她而去。

她寧願用第一個那天，換第二個那天的永不降臨。

她緊緊握著他靠近她的那一隻手，另一隻手放在他的胸膛裡。

10

後來有一天，徐宏志上課去了，她在家裡忙著翻譯出版社送來的英文稿。她答應了人家，這兩天要做好。徐宏志在屋裡的時候，她不能做這個工作，怕他發現。圖書館裡又沒有放大器。她只能等到他睡了或是出去了。

這一天，他突然跑了回來。

『教授病了，下午的課取消。』他一邊進屋裡一邊說，很高興有半天時間陪她。

她慌忙把那疊稿子塞進書桌的抽屜裡。

『你藏起些甚麼？』他問。

『沒甚麼。』她裝出一副沒事的樣子，卻不知道其中一頁譯好的稿子掉在腳邊。

他走上去，彎下身去拾起那張紙。

『還給我！』她站起來說。

他沒理她，轉過身去，背衝著她，讀了那頁稿。

『你還有其他翻譯？』帶著責備的口氣，他轉過身來問她。

她沒回答。

『你瞞了我多久？』他繃著臉說。

『我只是沒有特別告訴你。』

他生氣地朝她看：

『你這樣會把眼睛弄壞的！』

『我的眼睛並不是因爲用得多才壞的！』她回嘴。

然後，她走上去，想要回她的稿子。

『還給我！』她說。

他把稿子藏在身後，直直地望著她。

她氣呼呼地瞪著他，說：

『徐宏志，你聽著，我要你還給我！』

他一動不動地站在那兒。她衝到他背後，要把那張紙搶回來。他抓住不肯放手，退後避她。

『你放手！』她想抓住他的手，卻一下不小心把他手上那張紙撕成兩半。

『呃，對不起。』他道歉。

『你看你做了甚麼！』她盯著他看。

『你又做了甚麼！』他氣她，也氣自己。

『我的事不用你管！』

『那我以後都不管！』他的臉氣得發白。

他從來就沒有對她這麼兇。她的心揪了起來，賭氣地跑了出去，留下懊悔的他。

11

他四處去找她。一直到天黑，還沒有找到。他責備自己用那樣的語氣跟她說話。她做錯了甚麼？全是他一個人的錯。他低估了生活的艱難，以爲靠他微薄的入息就可以過這種日子。他終於明白她爲甚麼總是比他晚睡，也終於知道她有一部分錢是怎樣來的。他憑甚麼竟對她發這麼大的脾氣？

她不會原諒他了。

12

帶著沮喪與挫敗，他回到家裡，發現她在廚房。

聽到他回家的聲音，她朝他轉過身來。她身上穿著圍裙，忙著做飯。帶著歉意的微笑，她說：

『我買了魚片、青菜、雞蛋和粉絲，今天晚上又要吃一品鍋了！』

她這樣說，好像自己是個不稱職的主婦似的。

他慚愧地朝她看，很慶幸可以再見到她，在這裡，在他們兩個人的家裡。

13

第二天早上，她睜開惺忪睡眼醒來的時候，徐宏志已經出去了。他前一天說，今天大清早要上病房去。

她走下床，伸了個懶腰，朝書桌走去，發現一疊厚厚的稿子躺在那裡。她拿起來看，是徐宏志的筆跡。

她昨天塞進抽屜裡的稿子，他全都幫她翻譯好了，悄悄地，整齊地，在她醒來之前就放在書桌上。

他昨天晚上一定沒有睡。

她用手擦了擦濕潤的鼻子，坐在晨光中，細細地讀他的稿。

14

昨天，她跑出去之後，走到車站，搭上一列剛停站的火車。

當火車往前走，她朝山坡上看去，看到他們那幢灰白色的公寓漸漸落在後頭。

她自由了，他也自由了。她再承受不起這樣的愛。

到了第七個車站，她毫無意識地下了車。

她走出車站，經過那間郵票店。店外面放著一個紅色小郵筒招徠。店的對面，立著一個眞的紅色郵筒。她靠在郵筒旁邊坐了下來。

要多少個巧合，他們會在同一天帶著兒時的郵票簿來到這裡？

要多少次偶然，他們會相逢？

15

就在前一天夜裡，他們坐在窗台上，徐宏志爲她讀《夜航西飛》。她一直想告訴他那個和生命賽跑的寓言。

在英屬東非的農莊長大的白芮兒，那個自由的白芮兒，有一位當地的南迪人玩伴，名叫吉比。她在書裡寫下了吉比說的故事。

徐宏志悠悠地讀出來：

『「事情是這樣的。」吉比說。

『「第一個人類被創造出來的時候，他自己一個人在森林裡、平原上遊蕩。他憂心忡忡，因爲他無法記得昨日，因此也無法想像明天。神明看見這種情況，於是派變色龍傳送信息給這第一個人類（他是一名南迪人），說不會有死亡這種東西，明天就如同今天，日子永遠不會結束。」

『「變色龍出發很久後，」吉比說：「神明又派白鷺傳達另一個不同的信息，說會有個叫死亡的東西，當時辰一到，明天就不會再來臨。」「哪個信息先傳送到人類的耳朵，」上帝警告：「就是眞實的信息。」

『這個變色龍是個懶惰的動物。除了食物之外甚麼也不想，只動用牠的舌頭來取得食物。

牠一路上磨蹭許久，結果牠只比白鷺早一點抵達第一個人類的腳邊。

『變色龍想開口說話，卻說不出口。白鷺不久後也來了。變色龍因為急於傳達牠的永生信息，結果變得結結巴巴，只會愚蠢地變顏色。於是，白鷺心平氣和地傳達了死亡信息。

『「從此以後，」吉比說：「所有的人類都必須死亡。我們的族人知道這個事實。」

『當時，天眞的我還不斷思考這個寓言的眞實性。

『多年來，我讀過也聽過更多學術文章討論類似的話題：只是神明變成未知數，變色龍成為X，白鷺成為Y，生命不斷繼續，直到死亡前來阻擋。所有的問題其實都一樣，只是符號不同。

『變色龍仍然是個快樂而懶散的傢伙，白鷺依舊是隻漂亮的鳥。雖然世上還有更好的答案，不管怎樣，現在的我還是比較喜歡吉比的答案。』

『變色龍沒有那麼差勁。』她告訴徐宏志，『我在肯亞的時候養過一條變色龍，名叫阿法特。牠就像一枚情緒戒指，身上的顏色會隨著情緒而變化。那不是保護色，是牠們的心情。』

『那只是個寓言。』他以醫科生的科學頭腦說。

她喜歡寓言。

她寧願相信生命會凋零腐朽，無可避免地邁向死亡？還是寧願相信是一隻美麗的白鷺啣住死亡的信息滑過長空，翩然而至？

外婆離去的那天，她相信，是有一雙翅膀把外婆接走的。

16

寓言是美麗的。眼前的紅郵筒和小郵筒是個寓言。一天，徐宏志啣著愛的信息朝她飛來，給她投下了那封信，信上提到的《牧羊少年奇幻之旅》，就是一個寓言。

寓言是自由的，可以解作X，也可以解作Y。

她從小酷愛自由。不知道是遺傳自堅強獨立的外婆，還是遺傳自遠走高飛的父母。那是一種生活的鍛鍊。她自由慣了。

她從自由來。認識到徐宏志，她只有更自由。

在短暫的一生中擁有永恆，就是自由。

天已經暗了。再不回去，徐宏志會擔心的。

他一定餓了。

17

是個寒冷的冬夜。從早到晚只吃過一片三明治，徐宏志餓壞了。畢業後，當上實習醫生這大半年，每天負責幫病人抽血、打點滴、開藥單、寫報告，還要跟其他實習醫生輪班，每天只有幾個小時休息，他站著都能睡覺。上個月在內科病房實習時，一個病人剛剛過身，屍體給送到太平間去。人剛走，他就在那張床上睡著了。

實習醫生一年裡要在四個不同科的病房實習，他已經在外科和內科病房待過，兩個星期前剛轉過來小兒科病房。今天，他要值班，又是一個漫長的夜晚。

寫完所有報告，他看了看手錶，快九點了，他匆匆脫下身上的白袍，奔跑回宿舍去。

18

他們這些實習醫生都分配到醫院旁邊的宿舍。接到病房打來的緊急電話，就能在最短時間之內以短跑好手的速度跑回去。

要是那天比較幸運的話，他也許可以在宿舍房間裡睡上幾個小時。他已經練就了一種本領：隨時能夠睡著，也隨時能夠醒來。

不用當值的日子，不管多麼累，他還是寧願開車回家去。他買了一部紅色小轎車，是超過十年的老爺車了，醫院的一個同事讓出來的，很便宜。有了這部車，放假的時候，他和蘇明慧就可以開車去玩。她不用常常困在圖書館和家裡。

她已經沒有再做翻譯的工作了。他拿的一份薪水雖然不高，加上她的那一份，也足夠讓兩個人過一些比以前好的生活。

他們換了一間有兩個房間的公寓，就在他們以前租的那幢公寓附近。他在教學醫院裡實習，回家也很近。

他們擔心的事情並沒有發生，也許正如他所想，那天永遠不會降臨。

19

蘇明慧靠在宿舍二樓的欄杆上等他。她一隻手拿著一籃自己做的便當，另一隻手提著一壺熱湯，身上穿著一件米白色套頭羊毛衣、棕色褲裙、棕色襪子和一雙綠色運動鞋，頭上戴著一頂紫紅色的羊毛便帽，頭髮比起一年前長了許多。

看到他，她的眼睛迎了上去，口裡呼出一口冷霧，說：

『吃飯啦！』

『你爲甚麼不進去？這裡很冷的！』他一邊開門一邊說。

她哆哆嗦嗦地竄進屋裡去，說：

『我想看著你回來。』

『今天吃些甚麼？』他饞嘴地問。

『恐怕太豐富了！』她邊說邊把飯菜拿出來，攤開在桌子上，有冬菇雲腿蒸雞、梅菜蒸魚、炒大白菜和紅蘿蔔玉米湯，還有一個蘋果。

她幫他舀了飯，他狼吞虎嚥地吃了起來。當一個人餓成那個樣子，就顧不得吃相了。

她把帽子除下來，微笑問：

『好吃嗎？』

他帶著讚賞的目光點頭，說：

『你做的菜愈來愈好！』

『累嗎？』

『累死了，我現在吃飯都能睡著。』他朝她說。

看到他那個疲倦的樣子，她既心痛，卻也羨慕。他能做自己喜歡的工作。拿了優異成績畢業的他，將來會做得更多和更好。而她，只能做一些簡單的工作。

『你也來吃一點吧。』他說。

『我吃過了。』她回答說。

『我是不是有一套日本推理小說在家裡？』他問。

『好像是的。你有用嗎？』

『我想借給一個病人，他的身世很可憐。』他說。

20

那個病人是個十三歲的男孩子。自小患有哮喘病的他，哮喘常常發作。男孩個子瘦小，一張俊臉有著與年齡不符的滄桑，那雙不信任別人的眼睛帶著幾分反叛，又帶著幾分自卑。護士說，他父母是一個小偷集團的首領。

徐宏志翻查了男孩的病歷。他這十三年來的病歷，多得可以裝滿幾個箱子。

男孩的右手手背上有一塊面積很大的、凹凸不平的傷疤，是七歲那年給他父親用火燒傷的。這個無恥的父親因虐兒罪坐牢。出獄後，兩夫婦依舊當小偷，直到幾年之後又再被捕。前兩年，這兩個人出獄後沒有再回家。男孩給送去男童院，除了社工，從來沒有其他人來醫院看他。

男孩的病歷也顯示他曾經有好幾次骨折。男孩說是自己不小心摔倒的。徐宏志以他福爾摩斯的偵探頭腦推斷，那是給父母虐打的。至於後來的幾次骨折，應該是在男童院裡給其他孩子打傷的。

在這種環境下長大的小孩，會變成甚麼樣子？男孩難得開口說話，即使肯說話，也口不對心。他很想把自己孤立起來，似乎是不需要別人，卻更有可能是害怕給別人拒絕。

徐宏志第一次在病房和男孩交手時，並不順利。

那天，他要幫男孩抽血。

男孩帶著敵意的眼神，奚落地說：

『你是實習醫生吧？你們這些實習醫生全都不行的！你別弄痛我！』

他話還沒說完，徐宏志已經俐落地在他手臂上找到一根靜脈，一針刺了下去，一點都不痛。

男孩一時語塞，洩氣地朝他看。

以後的幾天，徐宏志幫他打針時，明明沒弄痛他，男孩偏偏大呼小叫，說是痛死了，弄得徐宏志很尷尬。那一刻，男孩就會得意地笑。

有時候，男孩盯著徐宏志的那種眼神，讓徐宏志感覺到，那是一個未成年男生對一個成年男性的妒恨。那種妒恨源自妒忌的一方自覺無法馬上長大，同時也是不幸的那一個。妒忌和仇恨淹沒了一個無法選擇自己命運的男孩。

徐宏志並沒有躲開他，也沒討厭他，這反而讓男孩覺得奇怪。

21

他們成爲朋友，始於那個晚上。

那天，徐宏志要値班。半夜，他看完了一個剛剛送上來的病人，正要回去宿舍。經過男孩的病房時，他看到一點光線。他悄悄走進去，發現男孩趴在床上，靠著手電筒的微光讀書，讀得津津有味。男童埋頭讀的那本書，是赤川次郎的《小偷也要立大志》。

假使人生有所謂黑色喜劇，此刻發生在男孩身上的，就是一齣黑色喜劇。他不能取笑男孩讀這本書，這件事本身並不好笑。但是，男孩選擇了這本書，實在教旁觀的人哭笑不得。

『原來你喜歡赤川次郎。』徐宏志說。

男孩嚇了一跳，馬上換上一張冷面孔，一邊看一邊不屑地說：

『誰說我喜歡？我無聊罷了！寫得很差勁。』

『我覺得他很有幽默感。』

男孩眼睛沒看他，說：『膚淺！』

『這本書好像不是你的。』他說。他記得這本書今天早上放在鄰床那個十一歲的男孩床上。那個圓臉孔的男孩這時候睡得很熟。

『我拿來看看罷了！你以爲我會去偷嗎？』男孩的語氣既不滿也很提防，又說：『我才不會買這種書。』

『原來你不喜歡讀推理小說，那眞可惜！』徐宏志說。

『可惜甚麼？』男孩好奇地問，臉上流露難得一見的童眞。

『我有一套日本推理小說，可以借給你。不過，既然你沒興趣……』

『你爲甚麼要借給我？』男孩狐疑地問。

『當然是有條件的。』

『甚麼條件？』

『以後我幫你打針，你別再搗蛋。』

男孩想了想，說：

『好吧！我喜歡公平交易，但你的技術眞的要改善一下，別再弄痛我。』

徐宏志笑了。他希望男孩能愛上讀書。書，可以慰藉一個人的靈魂。

22

男孩果然迷上那套推理小說，這些懸疑的小故事是他們友誼的象徵。每次徐宏志去看他的時候，男孩依然是口不對心，依然愛挖苦他，卻是懷著一種能夠跟一個成年男性打交道的驕傲。

後來有一天，他去看男孩的時候，發現病房裡的氣氛有點不尋常。

圓臉男孩的手錶不見了，護士自然會懷疑這個小偷的兒子。她們搜他的東西。爲了公平起見，她們也搜其他人的東西，但只是隨便搜搜。男孩站在床邊，樣子憤怒又委屈，眼睛並未朝徐宏志看，彷彿是不想徐宏志看到他的恥辱。

徐宏志想起圓臉男孩這兩天都拉肚子，於是問護士：『你們搜過洗手間沒有？』

結果，他在圓臉男孩用過的馬桶後面，找到那枚價值幾百塊錢的塑膠手錶。

給人冤枉了的男孩，依然沒看徐宏志一眼。他太知道了，因爲自己是小偷的兒子，所以大家都認爲手錶是他偷的。這個留在他身上的印記，就像他手背上的傷疤，是永不會磨滅的。

23

『他手背的那個傷疤，不是普通的虐兒。』回到家裡，徐宏志告訴蘇明慧。

『那是甚麼？』她問。

他一邊在書架上找書一邊說：

『可能是他爸爸要訓練他當小偷，他不肯，他就用火燒他的手。』

『這個分析很有道理呢！華生醫生。』她笑笑說。

『找到了！』他說。

他在書架上找到一套手塚治虫的《怪醫秦博士》，興奮地說：

『你猜他會喜歡這套漫畫嗎？』

『應該會的。』她回答說。

他拿了一條毛巾抹走書上的塵埃。她微笑朝他看。她愛上這個男人，也敬重他對人的悲憫。他是那麼善良，總是帶著同情，懷抱別人的不幸。

是誰說的？你愛的那個人，只要對你一個人好就夠了，即使他在其他人面前是個魔鬼。她從來不曾這樣相信。假使一個男人只關愛他身邊的女人，而漠視別人的痛苦，那麼，他眞正愛的，只有他自己。一天，當他不愛她時，他也會變得絕情。

她由衷地欣賞這個她深深愛著的男人，為他感到驕傲。因為這種悲憫，使他在過去、現在和將來，都比她高尚。她自問對動物的愛超過她對人類的愛。她從來就是一個孤芳自賞的人，比他自我很多。

她只是擔心，他的悲憫，有一天會害苦自己。

24

他把《怪醫秦博士》送給男孩。男孩把那套日本推理小說找出來，想要還給他。

『你喜歡的話，可以留著。』他說。

『不用還？』男孩疑惑地問。

『送給你好了。』

男孩聳聳肩，盡量不表現出高興的樣子。

『將來，你還可以讀福爾摩斯和阿嘉莎·克莉絲蒂。他們的偵探小說才精彩！』徐宏志說。

『誰是阿嘉莎·克莉絲蒂？』

『她是舉世公認的偵探小說女王！不過，你得要再讀點書，才讀得懂他們的小說。』

男孩露出很有興趣的樣子。

『讀了的書，沒有人可以從你身上拿走，永遠是屬於你的。』徐宏志語重心長地說。

男孩出院前，他又買了一套赤川次郎小說給他。他買的是『三色貓』系列，沒買『小偷』系列。

男孩眉飛色舞地捧著那套書，說：

『那個手塚治虫很棒！』

『他未成爲漫畫家之前是一位醫生。』徐宏志說。

『做醫生不難！我也會做手術！』男孩驕傲又稚氣地說。

徐宏志忍著不笑，鼓勵他：

『眞的不難，但你首先要努力讀書。』

徐宏志轉身去看其他病人時，男孩突然叫住他，說：

『還給你！』

徐宏志接住男孩拋過來的一支鋼筆，才發現自己口袋裡的那支鋼筆不知甚麼時候不見了。

『這支鋼筆是便宜貨，醫生，你一定很窮。』男孩老氣橫秋地說。

徐宏志笑了，把鋼筆放回襯衣的口袋裡去。

隔天，徐宏志再到病房去的時候，發現男孩那張床上躺著另一個孩子，護士說，男孩的父母前一天突然出現，把男孩接走了。

他不知道男孩回到那個可怕的家庭之後會發生甚麼事。他唯一能夠確定的是，男孩帶走了所有的書。那些書也許會改變他，爲他打開另一扇窗口。

然而，直到他離開小兒科病房，還沒能再見到男孩。

25

實習生涯的最後一段日子，徐宏志在產科。產婦是隨時會臨盆的，也不知道爲甚麼，大部分產婦都會在夜間生孩子，這裡的工作也就比小兒科病房忙亂許多。

他的一位同學，第一次看到一個血淋淋的嬰兒從母親兩腿之間鑽出來時，當場昏了過去，成爲產房裡的笑話。大家也沒取笑他多久，反正他並不是第一個在產房昏倒的實習醫生。

徐宏志的第一次，給那個抓狂的產婦死命扯住領帶，弄得他十分狼狽。幾分鐘後，他手上接住這個女人剛剛生下來的一個女娃。她軟綿綿的鼻孔吮吸著人間第一口空氣。他把臍帶切斷，將她抱在懷裡。這個生命是那麼小，身上沾滿了母親的血和胎水，黏答答的，一不留神就會從他手上滑出去。她的哭聲卻幾乎把他的耳膜震裂。

等她用盡全身氣力喊完了，便緊抿著小嘴睡去。外面的世界再怎麼吵，也吵不醒她。老護士說，夜間出生的嬰兒，上帝欠了他們一場酣眠。終其一生，這些孩子都會很渴睡。

他看著這團小東西，想起他為蘇明慧讀的《夜航西飛》，裡面有一段母馬生孩子的故事。等候小馬出生的漫長時光中，白芮兒．瑪克罕說：誕生是最平凡不過的事情；當你翻閱這一頁時，就有一百萬個生命誕生或死亡。

蘇明慧告訴他，在肯亞的時候，她見過一頭斑馬生孩子。那時她太小，印象已然模糊，只記得那頭母馬側身平躺在地上，痛苦地抽搐。過了一會，一頭閃閃發亮的小斑馬從母親的子宮爬出來，小小的蹄子試圖站起來，踉踉蹌蹌跌倒，又掙扎著站起來。

『就像個小嬰兒似的，不過，牠是穿著囚衣出生的。』她笑笑說。

人們常常會問一個問題：我們從何處來？將往何處去？

今夜，就在他雙手還沾著母親和孩子的血的短短瞬間，他發現自己想念著蘇明慧，想念她說的非洲故事，也想念著早上打開惺忪睡眼醒來，傻氣而美麗的她。

26

他用肥皀把雙手洗乾淨，脫下身上接生用的白色圍裙，奔跑到停車場去。他上了車，帶著對她的想念，穿過微茫的夜色。

公寓裡亮著一盞小燈，蘇明慧抱著膝頭，坐在窗台上，戴著耳機聽歌。看見他突然跑了回來，她驚訝地問：

『你今天不是要當値嗎？』

他朝她微笑，動人心弦地說：

『我回來看看你，待會再回去。』

她望著他，投給他一個感動的微笑。

他走上去，坐到窗台上，把她頭上的耳機除下來，讓她靠在他的胸懷裡。

她嗅聞著他的手指，說：

『很香的肥皀味。』

我們何必苦惱自己從何而來，又將往何處去？就在這一刻，他了然明白，我們的天堂就在眼前，有愛人的細語呢喃輕撫。

最近有一次，她又勾起了他的想念。

前幾天晚上，他要當値，她一如往常地送飯來。

她坐在床邊的一把扶手椅裡。他無意中發現她腳上的襪子是不同色的：一隻紅色、一隻黑色。
『你穿錯襪子了。』他說。
她連忙低下頭看了看自己的襪子，朝他抬起頭來，說：
『這是新款。』
然後，她微笑說：
『我出來的時候太匆忙。』
這一夜，她做了一盤可口的義大利蘑菇飯。
『我下一次會做西班牙海鮮飯。』她說。
『你有想過再畫畫嗎？』
『我已經不可能畫畫，你也知道的。』
『畫是用心眼畫的。』
『我畫畫，誰來做飯給你吃？』她笑笑說。
『我喜歡吃你做的菜。但是，現在這樣太委屈你了。你也有自己的夢想。』
她沒說話，低了低頭，看著自己的襪子，問：
『你有沒有找過你爸？』
他沉默地搖了搖頭。

『別因爲我而生他的氣，他也有他的道理。難道你一輩子也不回家嗎？』她朝他抬起頭來說。

『別提他了。』他說。

『那麼，你也不要再提畫畫的事。』她身子往後靠，笑笑說。

她回去之後，他一直想著她腳上那雙襪子。

27

第二天晚上，他下班後回到家裡倒頭大睡。半夜醒來，發現不見了她。

他走出房間，看見她身上穿著睡衣，在漆黑的客廳裡摸著牆壁和書架走，又摸了摸其他東西，然後慢慢的摸到椅子上坐下來。

『你幹甚麼？』他僵呆在那兒，吃驚地問。

『你醒來了？』她的眼睛朝向他，說：『我睡不著，看看如果看不見的話，可不可以找到這張椅子。』

他大大鬆了一口氣，擰亮了燈，說：

『別玩這種遊戲。』

『我是不是把你嚇壞了？』她睜著那雙慧黠的眼睛，抱歉地望著他。

他發現自己無法回答這個問題。

『對不起。』她說。

一陣沉默在房子裡飄蕩。她抬起頭，那雙困倦的眸子朝他看，諒解地說：

『到了那一天，你會比我更難去接受。』

他難過地朝她看，不免責怪自己的軟弱驚惶。

28

今夜，星星微茫。他坐在窗台上，抱著她，耳邊有音樂縈迴。他告訴她，他剛剛接生了一個重兩公斤半的女娃。第一次接生，他有點手忙腳亂，給那個產婦弄得很狼狽。他又說，初生的嬰兒並不好看，皺巴巴的，像個老人。

這團小生命會漸漸長大，皺紋消失了。直到一天，她又變回一個老人。此生何其短暫？

他爲何要懼怕黑暗的指爪？他心中有一方天地，永爲她明亮。

29

那天半夜，她睡不著。徐宏志剛剛熬完了通宵，她不想吵醒他，躡手躡腳下了床。

她走出客廳，用手去摸燈掣。摸著摸著，她突然發現自己只能看見窗外微弱的光線。要是連這點微弱的光線都看不見，她還能夠找到家裡的東西嗎？於是，她閉上眼睛，在無邊的黑暗中摸著牆壁走。沒想到他醒來了，驚懼地看著她。

她好害怕到了那一天，他會太難過。

在實習生涯裡，他見過了死亡，也終於見到了生命的降臨。她很小的時候，就已經跟死亡擦身而過。

九歲那年，她跟母親和繼父住在肯亞。她和繼父相處愉快。他說話不多，是個好人。她初到非洲叢林，就愛上了那個地方。她成了個野孩子，甚麼動物都不怕，包括獅子。

母親和繼父時常提醒她，不要接近獅子，即使是馴養的獅子，也是不可靠的。他們住的房子附近，有一個農莊，農莊的主人養了一頭獅子。那頭名叫萊諾的獅子，給拴在籠子裡。牠有黃褐色的背毛和漂亮的黑色鬃毛，步履優雅，冷漠又驕傲。

那是一頭非常美麗的獅子，正值壯年。她沒理母親和繼父的忠告，時常走去農莊看牠，用畫筆在畫紙上畫下牠的模樣。

萊諾從不對她咆哮。在摸過了大象、斑豹和蟒蛇之後，她以爲獅子也能做朋友。一天，她又去看萊諾。

她站在籠子外面。萊諾在籠子裡自在地徘徊。然後，牠走近籠子，那雙渴念的眼睛盯著她看。她以爲那是友誼的信號，於是回盯著牠，並在籠子外面快樂地跳起舞來。

突然，她聽到一陣震耳的咆哮，萊諾用牙齒狠狠撕裂那個生銹的籠子，衝著她撲出來。她只記得雙腳發顫，身體壓在牠的爪子下面。牠那駭人的顎垂肉流著口水，她緊閉著眼睛，無力地躺著。那是她短短生命裡最漫長的一刻。

然後，她聽到了繼父的吼叫聲。

萊諾丟下了她，朝繼父撲去，接著，她聽到一聲轟然的槍聲。萊諾倒了下去，繼父血淋淋的躺在地上，手裡握著一把長槍。她身上也流著血。

繼父的大腿給撕掉了一塊肉，在醫院裡躺了三個星期。她只是給抓傷了。萊諾吞了兩顆子彈，死在繼父的獵槍下。

不久之後，她的母親決定將她送走。

她乞求母親讓她留下，母親斷然拒絕了。

她知道，母親是因爲她差點兒害死繼父而把她趕走的。母親愛繼父勝過愛自己的孩子。

她恨恨地帶著行李獨個兒搭上飛機，知道自己再回不去了。

直到許多年後，外婆告訴她：

『你媽把你送回來，是因爲害怕。她害怕自己軟弱，害怕要成天擔心你，害怕你會再受傷。』

『她這樣說？』帶著一絲希望，她問。

『她是我女兒，我了解她。你像她，都喜歡逞強。』外婆說。

『我並不像她。我才不會丟下自己的孩子不顧。』她冷冷地說。

許多年了，給萊諾襲擊的恐懼早已經平服，她甚至想念萊諾，把牠畫在一張張畫布上。給自己母親丟棄的感覺，卻仍然刺痛她。

是徐宏志治好了她童年的創傷。

他讓她相信，有一個懷抱，永遠爲她打開。

30

送飯去宿舍的那天，徐宏志發現她穿錯了襪子，一隻紅色，一隻黑色。

她明明看見自己是穿上了一雙紅色襪子出去的。

爲了不讓他擔心，她故作輕鬆地說：

『新款來的！』

後來才承認是穿錯了。

誰叫她總喜歡買花花襪子？

近來，她得用放大鏡去分辨每一雙襪子。

那天早上，她起來上班，匆匆忙忙拉開抽屜找襪子。她驚訝地發現，她的襪子全都一雙一雙捲好了，紅色跟紅色的一塊，黑色跟黑色的一塊。她再也不會穿錯襪子了。

她跌坐在地上，久久地望著那些襪子。是誰用一雙溫暖的手把襪子配成一對？那雙手也永遠不會丟棄她。

她以後會把一雙襪子綁在一起拿去洗，那麼，一雙襪子永遠是一雙。

chapter

一夜的謊言

1

醒來絕對是一件值得高興的事。每天醒來的時候，發現自己還能看得見，蘇明慧不禁心存感激。

一天，她醒來，徐宏志已經上班了。洗臉的時候，她在浴室的半身鏡子裡瞧著自己。就像一個有千度近視的人，眼鏡卻弄丟了。她看到的，是一張有如蒸餾過的臉，熟悉卻愈來愈模糊。

最近有一次，她在圖書館裡摔了一跤。那天，她捧著一疊剛送來的畫冊，走在六樓的書架與書架之間。不知是誰把一架推車放在走道上，她沒看見，連人帶書摔倒在地上。她連忙掛著一個從容的微笑爬起來，若無其事地拾起地上的畫冊。

回家之後，她發現左大腿瘀青了一片。那兩個星期，她很小心的沒讓徐宏志看到那個傷痕。

有時她會想，為甚麼跌倒的時候，她手裡捧著的，偏偏是一套歐洲現代畫的畫冊？是暗示？還是嘲諷？

是誰說她不可以再畫畫的？是命運，還是她自己的固執和倔強？

圖書館的工作把她的眼睛累壞了。一次，她把書的編碼弄錯了。圖書館館長是個嚴格但好心腸的女人。

『我擔心你的眼睛。』館長說。

『我應付得來的。』她回答說。

她得付出比從前多一倍的努力，做好的編碼，重複地檢查，確定自己沒有錯。

她從小就生活在兩極：四面高牆包圍著的圖書館和廣闊無垠的非洲曠野。眼下，她生活在光明與黑暗的交界。那黑暗如同滔滔江河，她不知道哪天會不小心掉下去，給河水淹沒。

那天，徐宏志下班回來，神采飛揚地向她宣布：

『眼科錄取了我！』

他熬過了實習醫生的艱苦歲月。現在，只要他累積足夠的臨床經驗，通過幾年後的專業考試，就會如願以償，成爲一位眼科醫生。

她跳到他身上，死死地勾住他的脖子，明白自己要更奮勇地和時間賽跑。只要一天她還能看得見，他才能夠滿懷希望爲她而努力。

2

無數個夜晚，她在床頭小燈的微光下，細細地看著熟睡如嬰孩的他，有時也用鼻子去拱他。直到她覺得睏了，不捨地合上眼睛，沉沉地睡去。

第二天，當她張開眼睛，發現自己醒在光明這邊的堤岸上，她內心都有一種新的激動。是渺茫的希望鼓舞了她？還是身邊的摯愛深情再一次、悄悄地把她從黑暗之河拉了上來？

行將失去的東西，都有難以言喻的美。

3

他們搬了家。新的公寓比舊的大了許多，他們擁有自己的家具，隨心所欲地布置。這幢十二層樓高的房子，位處寧靜和繁喧的交界。樓下是一條安靜的小街，拐一個彎，就是一條繁忙的大馬路。

他們住在十樓，公寓裡有一排寬闊的窗子，夜裡可以看到遠處鬧市，成了迷濛一片的霓虹燈。早上醒來，映入眼簾的是一片晴空。

附近的商店，也好像是爲她準備的。出門往左走，是一家咖啡店，賣的是巴西咖啡，老遠就聞到飄來的咖啡香。咖啡店旁邊，是一家精緻的德國麵包店，有她最愛吃的德國核桃麵包。每天麵包出爐的時候，麵包的甜香會把人誘拐進去。

麵包店隔壁是一家花店，店主是個年輕女孩，挑的花很漂亮。花店旁邊是唱片店，唱片店比鄰是一家英文書店，用上胡桃木的裝潢，簡約而有品味。書店隔壁，是一家花草茶店，賣的是德國花草茶。

光用鼻子和耳朵，她就能分辨這些店。咖啡香、麵包香、書香、花香、茶香，還有音樂，成了路牌，也成了她每天的生活。有時候，她會在咖啡店待上半天，戴著耳機，靜靜地聽音樂。

徐宏志這陣子爲她讀的，是米蘭．昆德拉的《生活在他方》。更好的生活，是否永遠不在眼前，而在他方？她卻相信，美好的東西，就在眼前這一方天地。

有時候，她會要求徐宏志爲她讀食譜。她愛上了烹飪，買了許多漂亮的碗盤。烹飪是一種創作，她用繪畫的熱情來做好每一道菜，然後把它們放在美麗的盤子上，如同藝術品。最重要的是，沒有人會對這樣的藝術品評價，不管她煮了甚麼，徐宏志都會說好吃。他甚至傻氣地認爲，她耗費心思去爲他做飯，是辜負了自己的才華。

外婆說得對，她喜歡逞強。

可是，逞強又有甚麼不好呢？

因爲逞強，圖書館的工作，她才能夠應付下來。

4

半夜裡，徐宏志迷迷糊糊地張開眼睛醒來，發現蘇明慧還沒有睡。她一隻手支在枕頭上，正在凝望著他。

『你爲甚麼還不睡覺？』他問。

『我快要睡了。』她回答。

『你要我爲你做甚麼？』

『永遠像現在這麼年輕。要爲我年輕，不要變老。』她說。

她渴望永遠停留在當下這一刻，還能看到他年輕的臉。一個跟時間賽跑的選手，總會回頭看看自己跑了多遠，是否夠遠了。

5

他睜著半睡半醒的眼睛看著她。她也許不會知道，每天醒來，他都滿懷感動。這些年來，他們一起走過了生活中的每一天。現在，他當上了住院醫生，也分期付款買了一部新車，比舊的那一部安全和舒適。他們很幸運找到這間公寓，就近醫院，她回去大學也很方便。樓下就是書店。那副骷髏骨，也跟著他們一起遷進來，依舊掛在書架旁邊。他忘了它年紀有多大。人一旦化成骨頭，就不會再變老，也許比活著的人還要年輕。

再過幾年，他會成爲眼科醫生。在他們面前的，是新的生活和新的希望，是一支他們共同譜寫的樂章。人沒法永遠年輕，他們合唱的那支歌，卻永爲愛情年輕。

『嫁給我好嗎？』他說。

她驚訝地朝他看，說：

『你是在做夢，還是醒著的？』

爲了證明自己是醒著的，他從床上坐了起來，誠懇而認眞地說：

『也許你會找到一個比我好的人，但是，我再也找不到一個比你好的人了，請你嫁給我。』

她心裡一熱，雙手掩住臉，不讓自己掉眼淚。

他拉開她掩住臉的那雙手，把那雙手放到自己胸懷裡。

她眼裡閃著一滴無言的淚珠，朝他說：

『你考慮淸楚了嗎？』

『我還要考慮甚麼？』

『也許我再不能這樣看到你。』

『我不是說過，要陪你等那一天嗎？』

『那就等到那一天再說吧。到時候，你還可以改變主意。』

『你以為我還會改變主意嗎？』他不免有點生氣。

她怔怔地看著他，說：『徐宏志，你聽著，我也許不會是個好太太。』

他笑了，說：『你的脾氣是固執了一點，又愛逞強。但是，我喜歡吃你做的菜，喜歡你布置這間屋的品味，喜歡你幫我買的衣服，喜歡你激動的時候愛說「徐宏志，你聽著！」最難得的是，你沒有娘家可以回去，你只有我。』

她搖了搖頭，帶著一抹辛酸的微笑，說：

『也許，我再也沒法看見你早上刮鬍子的模樣，再看不到你為我讀書的樣子，看不到你臉上的微笑，看不到你疲倦和沮喪，也看不到你的需要。』

他把她那雙手放在自己溫熱的臉上，篤定地說：

『但你可以摸我的臉，摸我的鬍子，可以聽到我的笑聲，可以聽我說話，可以給我一個懷抱。我不要等到那一天，我現在就要娶你。』

她的手溫存地撫愛那張深情的臉，說：

『你會後悔的。』

『我不會。』

『你會的。我沒有娘家可以回去，你很難把我趕走。』她淘氣地說。

他掃了掃她那一頭有如主人般固執的頭髮，說：

『我會保護你。』

『直到很久很久之後?』她睜著一雙疲倦的眼睛問。

『是的,直到很久很久之後。』

『以前在肯亞,那些大象會保護我。牠們從來不會踏在我身上。』

『你把我當做大象好了。』

她搖搖頭,說:

『你沒禿頭。大象是禿頭的。』

『等到我老了,也許就會。』

『你答應了,永遠為我年輕。』她說著說著,躺在他懷裡,矇矇矓矓地睡去。

他難以相信,自己竟許下了無法實踐的諾言。誰能夠永遠年輕?但是,他願意在漫漫人生中,在生老病死的無常裡,同她一起凋零。

6

醫院旁邊在蓋一幢大樓,他一直不知道那是甚麼大樓。一天早上,他開車回去,發現那幢大樓已經蓋好了,名叫『徐林雅文兒童癌病中心』。是父親用了母親的名義捐出來的。

大樓啓用的那天早上，他回去上班。他停好了車，看見大樓那邊人很多，正在舉行啓用典禮。他只想快點進醫院去。就在那一刻，他老遠看到父親從那幢大樓走出來，院長和副院長恭敬地走在父親身邊。

父親看到了他。他站在自己那輛車前面，雙手垂在身邊。他沒想到會在這裡見到父親，更沒想到他的父親會送給死去的母親這份禮物。父親瞧了他一眼，沒停下腳步，上了車。

車子打他身旁駛過，司機認出了他，放慢了速度。然而，沒有父親的命令，司機不敢把車停下來。坐在車裡的父親，眼睛冷冷地望著前方，沒朝他看。

車子緩緩離開了他的視線。他只是想告訴父親，他明天要結婚了。

7

婚禮很簡單。那天早上，徐宏志和蘇明慧穿著便服去註冊。他們只邀請了幾個朋友，擔任伴郎和伴娘的是孫長康和莉莉。莉莉身上那些環兩年前就不見了，她現在是一位乾淨整潔的設計師。孫長康在醫院當化驗師，臉上的青春痘消失了。

婚禮之後，徐宏志要回醫院去。他本來可以放假的，但是，那天有一個大手術，是由總住院醫生親自操刀的，他不想錯過這個難得的機會學習。

七點鐘，他下了班，開車回去接蘇明慧。他們約了早上來觀禮的朋友一起去吃法國菜。

回到家裡，燈沒有亮，花瓶上插著他們今天早上買的一大束香檳玫瑰。

『你在哪裡？』他穿過幽暗的小客廳，找過書房和廚房，發現睡房的浴室裡有一線光。

『我在這裡。』她回答說。

『爲甚麼不開燈？』他走進睡房，擰亮了燈。

從浴室那道半掩的門，他看到穿著一襲象牙白色裙子的她，在裡面忙著。

『時間到了。』他一邊說一邊打開衣櫃找襯衣。

『快了！快了！』她說。

他已經換過一件襯衣，正在結領帶。她匆匆忙忙從浴室走出來，赤腳站在門檻上，緊張地問：

『好看嗎？』

他結領帶的那雙手停了下來，眼睛朝她看。

『怎麼樣？』帶著喜悅的神色，她問。

『很漂亮。』他低聲說道。然後，他朝她走去，以醫生靈巧的一雙手，輕輕地，盡量不露痕跡地，替她抹走明顯塗了出界的口紅，就像輕撫過她的臉一樣。

她眼裡閃過一絲悵惘，不管他多麼敏捷，她也許還是感覺得到。

他應該給她一個好一點的婚禮，可是，她不想鋪張，就連那束玫瑰，也是早上經過花店的時候買的。

讀醫的時候，他們每組醫科生都分配到一具經過防腐處理的屍體，給他們用來解剖，學習人體的神經、血管和肌肉。頭一天看見那具屍體時，他們幾個同學，你看著我，我看著你，沒人敢動手。

『我來！』他說。然後，他拿起解剖刀劃下去。

畢業後，到外科實習，每個實習醫生都有一次開闌尾炎的機會。那天晚上，終於輪到他了。一個急性闌尾炎的小男生給送上手術檯。在住院醫生的指導下，他顫抖而又興奮地握住手術刀，在麻醉了的病人的肚皮上，劃出一道口子，鮮血冒了出來。

終於，他解剖過死人，也切開過活人的腦袋。他是否與聞了生命的奧秘？一點也不。

當初學醫，他天眞地希望能夠醫治別人，使他們免於痛苦。然而，在接觸過那麼多病人之後，他終究不明白，爲甚麼人要忍受肉體的這些苦難？何以一個好人要在疾病面前失去活著的尊嚴？一個無辜的孩子又爲何遭逢厄運？

遺傳自父親的冷靜，使他敢於第一個拿起解剖刀切割屍體。然而，遺傳自母親的多愁善感，卻使他容易沮喪。

比起上帝的一雙手，一個外科醫生的手術刀，何異於小丑的一件道具？

生命的奧秘，豈是我們渺小的人生所能理解的？

就在今天晚上，在一個善良的女孩臉上，那塗了出界的口紅，是上帝跟他們開的一個玩笑嗎？

她的眼睛正在凋零。他慶幸自己娶了她。

8

『我想跟你買一張畫。』徐宏志對他父親說。

徐文浩感到一陣錯愕。他的兒子幾年沒回家了。現在，他坐在客廳裡，沒有道歉或懊悔，卻向他要一張畫。

『你要買哪一張？』

徐宏志指著壁爐上那張田園畫，說：

『這一張。』

徐文浩明白了。那個女孩第一次來這裡的時候，見過這張畫。

『你知道這張畫現在值多少錢嗎？』他問。

徐宏志搖了搖頭。

『以你的入息，你買不起。』徐文浩冷冷地說，眼神卻帶著幾分沉痛。

『我可以慢慢還給你。』他的聲音有點難堪，眼神卻是堅定的。他想要這張畫。他已經不惜爲這張畫放下尊嚴和傲氣了。

『爸，不要逼我求你。』他心裡說。

徐文浩看著他的兒子。他並非爲了親情回來，而是爲了取悅那個女孩。這是作爲父親的徹底失敗嗎？有生以來，他頭一次感到挫敗。能夠挫敗他的，不是他的敵人，而是他曾經抱在心頭的孩子。

他太難過了。他站了起來，朝兒子說：

『這張畫，明天我會找人送去給你。』

然後，他上了樓。他感到自己老了。

徐宏志站著，看著父親上樓去。有那麼一刻，他覺得自己很沒出息。他沒能力爲蘇明慧買一張畫，但他無法忘記，當她頭一次看到這張畫時，那個幸福的神情，就像看到一生中最美麗的一張畫似的。他們沒時間了，看到這張畫之後，也許她會願意再次提起畫筆。

外科醫生的手術刀不免會讓上帝笑話，一支畫筆卻也許能夠得到上帝的垂愛，給他們多一點時間。

9

第二天，父親差人把那張畫送去醫院給他。夕陽殘照的時刻，他抱著畫，抱著跟上帝討價還價的卑微願望，五味紛陳地趕回家。

他早已經決定把那張畫掛在面朝窗子的牆上。那裡有最美麗的日光投影，旁邊又剛好有一盞壁燈，夜裡亮起的燈，能把那張畫映照得更漂亮。

他把畫掛好，蘇明慧就回來了。她剛去過菜市場，手上拿著大包小包，在廚房和浴室之間來來回回。

他一直站在那張畫旁邊，期待她看他的時候，也看到那張畫。

『你這麼早回來了？』她一邊說一邊走進睡房去換衣服。

從睡房出來，她還是沒有發現那張畫。他焦急地站在那裡等待，期望她能投來一瞥。

『你買了些甚麼？』他故意逗她說話，想把她的目光吸引過來。

她從地上拾起還沒拿到廚房的一包東西，朝他微笑說：『我買了——』

她抬起頭，驀然發現牆壁上掛著一張畫。她愣了一下，放下手裡的東西，朝那張畫走去。她頭湊近畫，把放大鏡從口袋裡掏出來，專注地看了很久。

她驚訝地望著他，問：

『這張畫不是你爸的嗎？』

『呃，他送給我們的。』他笨拙地撒了個謊。

『為甚麼？』她瞇著眼，滿臉狐疑。

『他就是送來給我。也許他知道我們結婚了。他有很多線眼。』他支支吾吾地說。

她沒想過會再看到這張畫。跟上一次相比，這張畫又更意味深長了一點，彷彿是看不盡的。她拿著放大鏡，像個愛書人找到一本難得的好書那樣，近乎虔敬地欣賞畫布上的每一筆、每一劃。

『他現在很有名了。我最近讀過一些資料。』她說。

『你也能畫這種畫。』他說。

她笑了：『我八輩子都沒可能。』

『畫畫不一定是為了要成為畫家的，難道你當初不是因為喜歡才畫的嗎？』

『你為甚麼老是要我畫畫？』她沒好氣地說。

『因為我知道你想畫。』

『你怎知道？』

『一個棋手就是不會忘記怎樣下棋，就是會很想下棋。』他說。

『如果那一盤棋已經是殘局呢？』她問。

『殘局才是最大的挑戰。』他回答說。

『假使這位棋手連棋子都看不清楚呢？』她咄咄逼人地問。

『我可以幫你調顏色。』

『如果一個病人快要死了，你會讓他安靜地等死，還是做一些沒用的治療去增加他的痛苦？』

『我會讓他做他喜歡的事。』他說。

『我享受現在。是不是我不畫畫，你就不愛我了？』她朝他抬起頭，睜著那雙明亮的眼睛說。

『我想你快樂。我不想你放棄自己的夢想。』

『是夢想放棄了我。』她說。

他知道沒法說服她了。爲了不想她傷心，他止住話。

10

她並不想讓他難過，可她控制不了自己的倔強。她起初是因爲喜歡才畫畫，後來卻是爲了夢想而畫。

要嗎就成爲畫家，要嗎就不再畫畫。她知道這種好勝會害苦自己。然而，我們每一個人，即使在愛人面前，難道就不能夠至少堅持自身的、一個小小的缺點嗎？她是全靠這個缺點來克服成長的磨難和挫敗的。這是支撐著她面對命運的一根柢柱，連徐宏志也不可以隨便把它拿走。

11

夜裡，她醒來，發現徐宏志不在床上。

她走出客廳，看到他坐在椅子裡，藉著壁燈的微光，滿懷心事地凝望著牆上的畫。

她走上去，縮在他懷裡。

他溫柔地抱著她。

她定定地望著他，說：

『你撒謊。你根本就不會撒謊。你爸不會無緣無故把這張畫送給我們。』

他知道瞞不過她。他從來就沒有對她說過謊。

『我去跟他要的。』他說。

『那一定很難開口。』她諒解地說。她知道那是爲了她。

他微笑搖首。

『你不該說謊的。』她說。

『以後不會了。』他答應。

『我們都不要說謊。』她低語。她也是撒了謊。她心裡是想畫畫的，但她沒勇氣提起畫筆，重尋那荒蕪了的夢想。

她頭埋他的胸懷裡，說：

『你可以做我的眼睛嗎？』

他一往情深地點頭。

『那麼，你只要走在我前頭就好了。』她說。

12

人對謊言的痛恨是可以理解的。但是，有誰敢說自己永遠不會說謊？弔詭的是，人往往在許諾不會說謊之後，就說出一個謊言。

有些謊言，一輩子也沒揭穿。

有些謊言，卻無法瞞到天亮。

就在看過那張畫之後的那個早上，她打開惺忪睡眼醒來，發覺天還沒有亮，她又沉沉地睡去。當她再次醒來，她伸手摸了摸旁邊的枕頭。枕頭是空著的，徐宏志上班去了。那麼，應該已經天亮，也許外面是陰天。他知道她今天放假，沒吵醒她，悄悄出去了。

她摸到床邊的鬧鐘，想看看現在幾點鐘。那是個走指針的夜光鬧鐘，顯示時間的數字特別大。她以爲自己把鬧鐘反轉了。她揉揉眼睛，把鬧鐘反過來，發現自己看到的依然是漆黑一片。

她顫抖的手擰亮了床邊的燈。黑暗已經翩然而至，張開翅膀，把她從光明的堤岸帶走。是夢還是眞實的？她坐在床榻，懷抱著最後的一絲希望，等待夢醒的一刻。

『也許不過是暫時的，再睡一覺就沒事。』她心裡這樣想，逼著自己再回到睡夢裡。

她在夢裡哆嗦，回想起幾個小時之前，徐宏志坐在客廳的一把椅子裡，她棲在他身上，雙手摩挲著他夜裡新長出來的鬍子。昨夜的一刻短暫若此，黑暗的夢卻如許漫長。她害怕這個夢會醒，她爲甚麼沒多看他一眼？在黑暗迎向她之前。

當她再一次張開眼睛，她明白那個約定的時刻終於來臨。

她要怎麼告訴他？

她想起了《一千零一夜》的故事。她也能拖延到天亮嗎？

13

這些年來，都是徐宏志爲她讀故事。今天晚上，她也許能爲他讀一個長篇故事。

在遠古的巴格達，國王因爲妻子不忠，要向女人報復。他每晚娶一個少女，天亮就把她殺死。有一位叫山魯佐德的女孩爲了阻止這個悲劇，自願嫁給國王。她每晚爲國王說一個故事，說到最精彩的地方就戛然而止，吊著國王的胃口。國王沒法殺她，她就這樣拖延了一千零一夜。漫漫時光中，國王愛上了她。兩個人白頭偕老。

這個流傳百世的故事，幾乎每個小孩子都聽過。山魯佐德用她的智慧和善良制伏了殘暴，把一夜絕境化爲千夜的傳說和一輩子的恩愛。

在黑夜與黎明的交界處，曾經滿懷期待。雖然，她再也看不見了。她難道就不可以讓她最愛的人再多一夜期待嗎？期待總是美麗的，不管是對國王，對山魯佐德，對她，還是對徐宏志。

14

她聽到聲音。徐宏志回來了。那麼，現在應該是黑夜。

這一天有如三十年那麼長。她靠在床上縮成一團。聽到他愈來愈接近的腳步聲，她雙腿在被子下面微微發抖。

『你在睡覺嗎？』他走進來說。

她朝他那愉悅的聲音看去，發現自己已經再也看不見他了。

『我有點不舒服。』她說。

『你沒事吧？』他坐到床邊，手按在她的頭上。

她緊緊地抓住那隻溫暖的手。

『你沒發燒。』他說。

『我沒事了。』她回答說，然後又說：『我去煮飯。』

『不要煮了，我們出去吃吧。』他把手抽出來，興致勃勃地說。

『好的。』她微弱地笑笑。

『我要去書房找些資料，你先換衣服。』他說著離開了床。

他出去之後，她下了床，摸到浴室去洗臉。她即使閉上眼睛也能在這間屋子裡來去自如。

15

她洗過臉，對著浴室的一面半身鏡子梳頭。她知道那是鏡子，她摸上去的時候是冰涼的。徐宏志走進來放下領帶時，她轉頭朝他微笑。

他出去了。她摸到衣櫃去，打開衣櫃的門。她記得掛在最左邊的是一件棕色的外套，再摸過一點，應該是一條綠色的半截裙。她的棉衣都放在抽屜裡。她打開抽屜，用手撫摸衣服上面的細節。她不太確定，但她應該是拿起了一件米白色的棉衣。裙子和外套也應該沒錯。

她換過衣服，拿了她常用的一個皮包，走出睡房，摸到書房去。她站在門口，朝他說：

『行了。』

她聽到徐宏志推開椅子站起來的聲音。他沒說話，也沒動靜。

她心裡一慌，想著自己一定是穿錯了衣服。她摸摸自己身上的裙子，毫無信心地呆在那兒。

『你今天這身打扮很好看。』他以一個丈夫的驕傲說。

她鬆了一口氣朝他笑笑。

16

徐宏志牽著她的手走到停車場。他習慣了每次都幫她打開車門。她上了車，摸到安全帶，扣好扣子。她感覺到車子離開了地窖，駛出路面。

她突然覺得雙腳虛了。她聽到外面的車聲和汽車響號聲，聽到這個城市喧鬧的聲音，卻再也看不到周遭的世界了。她在黑夜的迷宮中飛行，就像一個初次踩在鋼絲上的青澀的空中飛人，一刻也不敢往下看，恐怕自己會掉下去，粉身碎骨。

『附近開了一家法國餐廳，我們去嘗嘗。』他說。

『嗯！』她裝出高興的樣子朝他點頭。

過了一會，他突然說：

『你看！』

她腦中一片空白，不知道應該往前看、往後看，往自己的那邊看，還是朝他的那邊看。她沒法看到他手指指向哪個方向。

『哪裡？』她平靜地問。

她這樣問也是可以的，她的眼睛本來就不好。

『公園裡的牽牛花已經開了。』他說。

她朝自己那邊窗外看，他們家附近有個很大的公園，是去任何地方的必經之路。

『是的，很漂亮。』她說。

他們初遇的那天，大學裡的牽牛花開得翻騰燦爛。紫紅色的花海一浪接一浪，像滾滾紅塵，是他們的故事。

她沒料到，今夜，在黑暗的堤岸上，牽牛花再一次開遍。她知道，這是一場告別。

17

他們來到餐廳，坐在她後面的是一個擦了香水的女人，身上飄著濃烈而高貴的香味，跟身邊的情人喁喁低語。

侍者拿了菜單給他們。一直以來，都是徐宏志把菜單上的菜讀給她聽的。菜單上的字體通常很小，她從來也看不清楚。

讀完了菜單，他溫柔地問：

『你想吃甚麼？』

她選了龍蝦湯和牛排。

『我們喝酒好嗎？』她說。

『你想喝酒？』

『嗯，來一瓶玫瑰香檳好嗎？』

她應當喝酒的，她心裡想。時光並不短暫。她看到他從大學畢業，看到他穿上了醫生的白袍。他們也一起看過了人間風景。那些幸福的時光，終究比一千零一夜長，只是比她希冀的短。

玫瑰色的香檳有多麼美麗，這場跟眼睛的告別就有多麼無奈。他就在面前，在伸手可以觸及卻離眼睛太遠的地方。她啜飲了一口冰涼的酒，嘆息並且微笑，回憶起眼中的他。

『今天的工作怎樣？』她問。

『我看了二十三個門診病人。』他說。

『說來聽聽。』她滿懷興趣。

她好想聽他說話。有酒壯膽，也有他的聲音相伴，她不再害怕無邊無際的黑暗。

她聽他說著醫院裡的故事，很小心地用完了面前的湯和菜。

她喝了很多酒。即使下一刻就跌倒在地上，徐宏志也許會以爲她只是喝醉了，然後扶她起來。

18

她在自己的昏昏醉夢中飄蕩，感到膀胱脹滿了，幾乎要滿出來。可她不敢起來，只要她一離開這張椅子，她的謊言也就不攻自破。

正在這時，她聽到身後的女人跟身邊的男人說：『我要去洗洗手。』

她得救了，連忙站起來，朝徐宏志說：

『我要去洗手間。』

『要我陪你去嗎？』

『不用了。』她說。

她緊緊地跟著那個香香的女人和高跟鞋踩在木地板上的聲音往前走。

那個女人推開了一扇門，她也跟著走進去。可那不是洗手間。女人停下了腳步。然後，她聽到她打電話的聲音。這裡是電話間。也許洗手間就在旁邊，她不敢走開，也回不去了。女人身上的香味，並沒有濃烈得留下一條往回走的路。

她只能傻傻地站在那兒，渴望這個女人快點擱下話筒。可是，女人卻跟電話那一頭的朋友聊得很高興。

『我是看不見的，你可以帶我回去嗎？』她很想這樣說，卻終究開不了口。

她呆呆地站在那兒，忍受著香檳在她膀胱裡搗亂。那個女人依然無意放下話筒。

突然，那扇門推開了。一刻的沉默之後，一個熟悉的聲音響起。

『你去了這麼久，我擔心你。』

是徐宏志。

她好想撲到他懷裡，要他把她帶回去。

『我正要回去。』她努力裝出一副沒事的樣子。

徐宏志拉住她的手，把她領回去。她用力握著那隻救贖的手。

19

好像是徐宏志把她抱到床上，幫她換過睡衣的。她醉了，即使還能看得見，也是醉眼昏花。

醒來時，她發現徐宏志不在床上。她感覺到這一刻是她平常酣睡的時間，也許是午夜三點，或是四點，還沒天亮。她不免嘲笑自己是個沒用的山魯佐德，故事還沒說完，竟然喝醉了。

20

她下了床，赤腳摸出房間，聽到模糊的低泣聲。她悄悄循著聲音去找，終於來到書房。她一隻手支著門框，發現那低泣聲來自地上。她低下頭去，眼睛虛弱地朝向他。

『你在這裡幹甚麼？』她緩緩地問。雖然心裡知道他也許看出來了，卻還是妄想再拖延一下。

『公園裡根本沒有牽牛花。』他沙啞著聲音說。

她扶著門框蹲下去，跪在他身邊，緊緊地摟著他，自責地說：

『對不起。』

他脆弱而顫抖，靠在她身上嗚咽。

『這個世界不欠我甚麼，更把你給了我。』她說。

他從來沒聽過比這更令人難過的說話。他把她拉在懷裡，感到淚水再一次湧上眼睛。他好想相信她，同她圓這一晚的謊言。他整夜很努力去演出。然而，當她睡著了，他再也騙不到自己。

『我是服氣的。』她抬起他淚濕的臉，說。

她的謊言撐不到天亮。她終究是個不會說謊的人，即使他因爲愛她之深而陪著她一起說謊。

和時間的這場賽跑，他們敗北了。她用衣袖把他臉上的淚水擦掉，朝他微笑問：

『天已經亮了嗎？』

『還沒有。』他吸著鼻子，眼裡充滿對她的愛。

她把臉貼在他哭濕了的鼻上，說：

『到了天亮，告訴我好嗎？』

21

徐宏志給病人診治，腦裡卻千百次想著蘇明慧。他一直以爲，他是強者，而她是弱者。她並不弱小，但他理應是兩個人之中較堅強的一個，沒想到他才是那個弱者。

他行醫的日子還短，見過的苦難卻已經夠多了。然而，當這些苦難一旦降臨在自己的愛人身上，他還是會沉鬱悲痛，忘了他見過更可憐、更卑微和更無助的。

結婚的那天晚上，他們同朋友一起吃法國菜。大家拉雜地談了許多事情。席上有一個人，他忘了是莉莉，還是另外一個女孩子，提到了人沒有了甚麼還能活下去。人沒有了幾根肋骨，沒有了胃，沒有了一部分的肝和腸子，還是能夠活下去的。作爲一位醫生，他必須這樣說。

就在這時，蘇明慧悠悠地說，她始終相信，有些東西是在造物的法度以外的，上帝並不會事事過問。比如說，人沒有愛情和夢想，還是能夠活下去的。

『活得不痛快就是了。』她笑笑說。

因此，她認爲愛情和夢想是造物以外的法度，人要自己去尋覓。

他望著他的新婚妻子，覺著對她一份難以言表的愛。她使他相信，他們的愛情建築在這個世界之外。世上萬事萬物皆會枯槁，惟獨超然世外之情，不虞腐朽。

同光陰的這場競賽，他並不認爲自己已經敗下陣來。失明的人，還是有機會重見光明的。只要那天降臨，奇蹟會召喚他們。

爲了她，他必須挺下去。

22

徐宏志在她旁邊深深地呼吸。她醒了，從枕頭朝他轉過身來，輕輕地撫摸他熟睡的臉頰。不久之前，她還能夠靠著床頭小燈的微光看他，如今只能用摸的了。
她緩緩撫過他的眼窩，那隻手停留在他的鼻尖上，他呼出來的氣息濕潤了她的皮膚。她知道他是活著的。睡夢中的人，曾經如此強烈地喚醒她，使她甜甜地確認他是她唯一願意依靠的人。
是誰把他送來的？是命運之手，還是她利用了自己的不幸把他拐來？就像那個吹笛人的童話故事，她用愛情之笛把他騙到她的床榻之岸。他的善良悲憫使他不忍丟下她不顧而去。他爲她離開了家庭，今後將要照顧她一輩子。他是無辜的。他該配一位更好的妻子，陪他看遍人間的風光。她卻用了一雙病弱的眼睛，把他扣留在充滿遺憾的床邊。她不能原諒自己看似堅強而其實是多麼狡詐。
他在夢裡突然抓住她的手。她頭埋他的肩膀裡，想著也許再不能這樣摸他了。

23

蘇明慧眼睛看不見之後的第三天，徐宏志回家晚了，發現她留下一封信。那封信是她用手寫的，寫得歪歪斜斜，大意是說她回非洲去了，離去是因爲她覺得和他合不來。她知道這樣做是不負責任的。她曾經渴望永遠跟他待在一起，她以爲他們還有時間，有時間去適應彼此的差異。她天眞地相信婚姻會改變大家，但她錯了。趁眼下還來得及，她做了這個決定，她抱歉傷害了他，並叮囑他保重。

他發了瘋似的四處去找她，沒有人知道她的下落。他知道她不可能回非洲去了。信上說的全是謊言，她是不想成爲他的負擔。

有那麼一刻，他發現他的妻子眞的是無可救藥。她爲甚麼總是那麼固執，連他也不肯相信？他何曾把她當作一個負擔？她難道不明白他多麼需要她嗎？

24

他擔心她會出事。失去了視力，她怎麼可能獨個兒生活？他睡不著，吃不下，沮喪到了極點。他給病人診治，心裡卻總是想著她。

他不免對她惱火，她竟然丟下那封告別信就不顧而去。然而，只要回想起那封信上歪斜的字跡，是她在黑暗中顫抖著手寫的，他就知道自己無權生她的氣。要不是那天晚上她發現他躲在書房裡哭，她也許不會離去。

是他的脆弱把她送走的。他能怪誰呢？

幾天以來，每個早上，當他打開衣櫃找衣服上班，看見那空出了一大半的衣櫃，想著她把自己的東西全都塞進幾口箱子裡離開，他難過得久久無法把衣櫃的那扇門掩上。

每個夜晚，當他拖著疲乏的身體離開醫院，踏在回家的路上，他都希望只要一推開家裡的門，便會看到她在廚房裡忙著，也聽到飯菜在鍋裡沸騰的聲音。那一刻，她會帶著甜甜的微笑朝他轉過頭來，說：『你回來啦？』然後走上來吻他，嗅聞他身上的味道。這些平常的日子原來從未消失。

然而，當他一個人躺在他們那張床上，滔滔湧上來的悲傷把他淹沒了，他害怕此生再也不能和她相見。

25

又過了幾天，一個早上，他獨個兒坐在醫院的飯堂裡。面前那片三明治，他只吃了幾口。有個人這時在他對面坐了下來。他抬起那雙失眠充血的眼睛朝那人看，發現是孫長康。

『她在莉莉的畫室裡。』孫長康說。

他眞想立刻給孫長康一記老拳，他就不能早點告訴他嗎？然而，只要想到孫長康也許是剛剛才從莉莉那裡知道的，而莉莉是逼著隱瞞的，他就原諒了他們。他難道不明白自己的妻子有多麼固執嗎？

26

莉莉的畫室在山上。他用鑰匙開了門，靜靜地走進屋裡去。一瞬間，他心都酸了。他看到蘇明慧背朝著他，坐在紅磚鑲嵌的台階上，寂寞地望著小花園裡的草木。

莉莉養的那條鬈毛小狗從她懷中掙脫了出來。朝他跑去，汪汪的叫。她想捉住那條小狗，那隻手在身邊摸索，沒能抓住牠的腿。

『莉莉，是你嗎？』她問。

他佇立在那兒，沒回答。

她扶著台階上的一個大花盆站了起來，黯淡的眼睛望著一片空無，又問一遍：

『是誰？』

『是我。』他的聲音微微顫抖。

他們面對面，兩個人彷彿站在滾滾流逝的時光以外，過去的幾天全是虛度的，惟有此刻再眞實不過。

『我看不見你。』她說。

『你可以聽到我。』他回答說。

她點了點頭，感到無法說清的依戀和惆悵。

『你看過我留下的那封信了？』她問。

『嗯。你以爲我還會像以前那樣愛你麼？』

她怔住了片刻，茫然地倚著身邊的花盆。

『我比以前更愛你。』他說。然後，他抱起那條小狗，重又放回她懷裡。

『牠叫甚麼名字？』

『梵高。』她回答道。

他笑了笑：『一條叫梵高的狗？』

『因爲牠是一頭養在畫室裡的狗。』她用手背去撫摸梵高毛茸茸的頭。

『既然這裡已經有梵高了，還需要莉莉嗎？』

她笑了，那笑聲開朗而傻氣，把他們帶回了往昔的日子。

『你爲甚麼不認爲我回非洲去了？』

『你的故鄉不在非洲。』

『我的故鄉在哪裡？』

他想告訴她，一個人的故鄉只能活在回憶裡。

『你是我的故鄉？』她放走了懷中的小狗。

他的思念決堤了，走上去，把她抱在懷裡。

『鄉愁很苦。』她臉朝他的肩膀靠去，貪婪地嗅聞著這幾天以來，她朝思暮想的味道。

5

chapter

花謝的時候

1

鄉愁是美麗的。飛行員對天空的鄉愁讓他們克服了暴風雨、氣流和山脈，航向深邃的穹蒼。愛情的鄉愁給了蘇明慧繼續生活的意志，也是這樣的鄉愁在黑暗的深處爲她綴上一掬星辰。

聖修伯里，這位以《小王子》聞名於世的法國詩人和飛行員，一次執行任務時消失在地中海的上空。飛行員死了，小王子對玫瑰的鄉愁，卻幾乎肯定會成爲不朽的故事。

失明之後，蘇明慧想到的是聖修伯里寫在《小王子》之前的另一本書：《夜間飛行》。一個尋常的夜裡，三架郵機飛往布宜諾斯艾利斯的途中遇上暴風雨，在黑夜迷航。

當黑暗張開手臂擁抱她，她感到自己也開始了一趟夜間飛行。雖然她再也看不到群山和機翼，但星星會看到她。

她就像一位勇敢而浪漫的飛行員，決心要征服天空，與黑夜的風景同飛。她緊握螺旋機的方向盤，她的駕駛桿是一根盲人手杖。

徐宏志把這根摺疊手杖送給她時，上面用寬絲帶繫了一個蝴蝶結，像一份珍貴的禮物似的。他告訴她，這根手杖是獨一無二的，因爲他把手杖上了七彩相間的顏色。

『就像我們小時候吃的那種手杖糖？』她說。

『對了。』然後，他用清朗溫柔的聲音把顏色逐一讀出來。有紅色、藍色、黃色、綠色、紫色、橙色和青色。

她撫摸手杖上已經乾了的油彩，微笑問：

『你也會畫畫的嗎？』

『每個人都會畫畫，有些人像你，畫得特別出色就是了。』

這支七色駕駛桿陪伴她在夜間飛行。但是，她的終點不在布宜諾斯艾利斯。只要她願意，她隨時都可以降落在徐宏志的胸懷裡。要是她想繼續飛行，每個飛行員身上都帶著一根耐風火柴。那火柴燃著了，就能照亮一個平原、一個海岸。

愛情的美麗鄉愁是一根耐風火柴，在無止境的黑夜中爲她導航。

2

以後，又過了一個秋天。

當她在夜之深處飛翔，她想像自己是航向一個小行星。在那個小行星之上，星星會洗滌每個人的眼睛，瞎子會重見光明。

那個小行星在黑夜的盡頭飄蕩，有時會給雲層遮蓋，人們因此同它錯過。回航的時候，也許晚了。

爲了能在這唯一的小行星上降落，她要成爲一位出色的飛行員，和生命搏鬥。

到了冬天，她已經學會了使用盲人電腦。

拄著那根七色手杖，她能獨個兒到樓下去喝咖啡、買麵包和唱片。徐宏志帶著她在附近練習了許多次，幫她數著腳步。從公寓出來，朝左走三十步，就是咖啡店的門口。但他總是叮囑她盡可能不要一個人出去。

一天，她自己出去了，想去買點花草茶。來到花草茶店外面，她嗅不出半點花草茶的味道，反而嗅到另一種味道：那是油彩的味道。一瞬間，她以爲那是回憶裡的味道。

從前熟悉的味道，有時會在生命中某個時刻召喚我們，讓我們重又回到當時的懷抱。

然而，隔壁書店與她相熟的女孩說，這的確是一家賣畫具的店，花草茶店遷走了。

她頭也不回地走了，帶著她的惆悵，回到家裡。

那天夜晚，徐宏志回來的時候告訴她：

『附近開了一家畫具店，就在書店旁邊。』

她是知道的。

這是預兆還是暗示？她的小行星就在那兒，惟有畫筆，能讓她再次看到這個世界的色彩。

3

然而，她更喜歡做夢。夢裡，她是看得見的。她重又看到這個萬紫千紅的世界。有一次，她夢見自己回到肯亞。她以前養的那條變色龍阿法特，爲了歡迎她的歸來，不斷表演變顏色。她哈哈大笑，醒來才知道是夢。

最近，她不止一次夢回非洲。那天半夜，她在夢裡醒來。徐宏志躺在她身邊，還沒深睡。

『我做了一個夢。』她說。

『你夢見甚麼？』

『我忘了。』她靜靜地把頭擱在他的肚腹上，說：『好像是關於非洲的，最近我常常夢見非洲。』

他的手停留在她的髮鬢上，說：

『也許這陣子天氣太冷了，你想念非洲的太陽。』

她笑了，在他肚腹上甜甜地睡去。

可後來有一天，她夢到成千的白鷺在日暮的非洲曠野上迴蕩，白得像飄雪。

是的，先是變色龍，然後是白鷺。

她不知道，她看見的是夢境還是寓言。

4

眼睛看不見之後，圖書館的工作也幹不下去了，徐宏志鼓勵蘇明慧回去大學念碩士。他知道她喜歡讀書，以前為了供他上大學，她才沒有繼續。

一天晚上，他去接她放學。他去晚了，看到她戴著那頂紫紅色羊毛便帽，坐在文學院大樓外面的台階上，呆呆地望著前方。

他朝她走去，心裡責備自己總是那麼忙，要她孤零零地等著。

她聽到腳步聲，站了起來，伸手去摸他的臉。

『你遲到了。』她衝他微笑。

『手術比原定的時間長了。』他解釋。

『手術成功嗎？』

『手術成功。』他回答說。

『病人呢？』

『病人沒死。』他笑笑說。

開車往回走的時候，車子經過醫學院大樓。他們以前常常坐在大樓外面那棵無花果樹下面讀書。時光飛逝，相逢的那天，她像一隻林中小鳥，掉落在他的肩頭。這一刻，她把頭擱在他的肩頭上。他雙手握著方向盤，肩膀承載著她的重量，他覺著自己再也不能這麼愛一個女人了。

『你可以給我讀《牧羊少年奇幻之旅》嗎？』

『你不是已經讀過了嗎？』

『那是很久以前，我自己讀的。你從沒爲我讀過。』

『好的。』他答應了。

他想起了伊甸園的故事。亞當和夏娃偷吃樹上的禁果，從此有了羞恥之心，於是摘下無花果樹上的葉子，編成衣服，遮蔽赤裸的身體。他不知道，世界的盡頭，會不會也有一片伊甸園，我們失去的東西，會在那裡尋回，而我們此生抱擁的，會在那裡更爲豐盛。他和她，會化作無花果樹上的兩顆星星，在寂寂長夜裡彼此依偎。

5

保羅．科爾賀寫下了一個美麗的寓言，但也同時寫下了一段最殘忍的文字：牧羊少年跟自己的內心對話。心對他說：『人總是害怕追求自己最重要的夢想，因爲他們覺得自己不配擁有，或是覺得自己沒有能力去完成。』

發現這個病的時候，她覺得自己不配再擁有畫畫的夢，也沒能力去完成。儘管徐宏志一再給她鼓勵，她還是斷然拒絕了。

她的執著是爲了甚麼？她以爲執著是某種自身的光榮。她突然明白，她只是害怕再一次失敗，害怕再次看到畫布上迷濛一片的顏色。

現在，她連顏色都看不見了，連唯一的恐懼也不復存在。一個人一旦瞎了，反而看得更清楚。

她親愛的丈夫爲她做了那麼多，她就不能用一支畫筆去回報他的深情嗎？假使她願意再一次提起畫筆，他會高興的。她肯畫畫，他便不會再責備自己沒能給她多點時間。

畫具店的門已經打開了，是夢想對她的召喚。她不一定要成爲畫家，她只是想畫畫。她想念油彩的味道，想念一支畫筆劃在畫布上的、純清的聲音，就像一個棋手想念他的棋盤。

6

她坐在窗台上，焦急地等著徐宏志下班。當他回來，她會害羞地向他宣布，她準備再畫畫，然後要他陪她去買油彩和畫筆。

她摸了摸身旁的點字鐘，他快下班了，可她等不及了。她拿了掛在骷髏骨頭上的紫紅色便帽戴上，穿了一件過膝的暗紅色束腰羊毛衣，錢包放在口袋裡，穿上鞋子，拿了手杖匆匆出去。

當他歸來，她要給他一個驚喜。

7

她走出公寓，往左走三百四十步，來到那家畫具店，心情激動地踏了進去。

她買了畫筆，說出了她想要的油彩。它們都有名字，她早就背誦如流，從來不曾忘記。

年輕的女店員把她要的東西放在一個紙袋裡，問：

『這麼多東西，你一個人能拿嗎？』

『沒問題的。』她把東西掛在肩上。

他們大概很驚訝，爲甚麼一個拄著手杖的盲眼女孩也會畫畫。

她扛著她曾經放棄的夢，走了三十步，突然想起欠了一管玫瑰紅的油彩。她往回走，補買了那支油彩。

那三十步，卻是訣別的距離。

她急著回家去，把東西攤在桌子上，迎接她的愛人。然而，就在拐彎處，一個人跟她撞個滿懷。她感覺到一隻手從她身上飛快地拿走一樣東西。這個可惡的小偷竟不知道盲人的感覺多麼靈敏，竟敢欺負一個看不見的人。她抓住那隻手，向他吼叫：

『把我的錢包還給我！』

那隻手想掙脫，她死命拉著不放。

一瞬間，她明白自己錯得多麼厲害。那隻枯瘦的手使勁地想甩開她，她的手杖丟了，踉蹌退後了幾步，感到自己掉到人行道和車流之間，快要跌出去。她用盡全身的氣力抓住那隻手。她的手從對方的手腕滑到手背上，摸到一塊凹凸不平的傷疤。她吃驚地想起一個她沒見過的人。

『我是徐宏志醫生的太太！』她驚惶虛弱地呼叫，試圖得到一種短暫的救贖。

那隻手遲疑了一下，想把她拉回來。

已經晚了。

她聽到一部車子高速駛來的聲音和刺耳的響號聲。她掉了下去，懷裡的畫筆散落在她身邊。一管油彩給汽車輾過，迸射了出來，顏色比血深。

一條血肉模糊的腿抖了一下。她浮在自己的鮮血裡，這就是她畫的最後的一張畫。

她意識到自己是多麼的傻。她何必夢想畫出最好的作品？徐宏志就是她畫得最好的一張畫。他是她永恆的圖畫，長留她短暫的一生中。

他用愛情榮耀了鄉愁。

8

徐宏志趕到醫院。他走近病床，看到他妻子血染鬢髮，身上僅僅蓋著一條白屍布。醫生對他說：

『送來的時候她已經死了。』

她告訴他，最近她常常夢見非洲。他明白這是她對非洲的想念。他買了兩張往肯亞的機票，準備給她一個驚喜。他們會在那裡過冬。下班之後，他沒有直接回家，而是去了旅行社。他回去晚了。路上，他接到從醫院打來的電話。

眼下或將來，她都回不了非洲去。

白屍布下面露出來的一雙黑色鞋子黏滿顏料。她當時剛去買了畫筆和油彩。是他告訴她附近開了一家畫具店的。是他老是逼著她畫畫，結果卻召喚她一步一步走向死亡。

他不能原諒自己。他憑甚麼認爲夢想重於生命？他難道就不明白，一個人的生命永遠比他的夢想短暫？

同光陰的這場賽跑，早已注定敗北。

他望著她。她的眼睛安詳地合上。她要睡了。她用盡了青春年少的氣力來和她的眼睛搏鬥，她累了。

他曾經以爲最黑暗的日子已然過去。她眼睛看不見的那天，他們在地上緊緊相擁，等待終宵，直到晨光漫淹進來。

『天亮了。』他告訴她。

『又是新的一天了。』她朝他微笑。

這句尋常老話，現在多麼遠了。

他掀開屍布，那朵染血的紫紅色便帽靜靜地躺在她懷中，像枯萎了的牽牛花，陪她走完最後一程。

她在牽牛花開遍的時節來到，在花謝的時候離去。他支撐不住自己了，俯下身去撲在她身上。

9

一個警察走過來告訴他，他們抓到那個把他太太推出馬路的小偷。這個少年小偷逃走時哮喘發作，倒在路旁。他現在就在隔壁，醫生在搶救他。

徐宏志虛弱地走出去。他想到了少年小偷，想到了哮喘。

戰慄的手拉開房間的簾幕，他看到了躺在病床上那張蒼白的臉。他暈眩了，用最後一絲氣力把簾幕拉上。

10

醒來時，他發現自己在醫院裡，在她空空的床畔。

護士把蘇明慧留下的東西交給他：一根手杖和一雙鞋子。

天已經亮了，他走到外面，開始朝草地那邊走去。

炫目的陽光下，他看見他的父親匆匆趕來。

父親那雙皺褶而內疚的眼睛朝他看，說：

『我很難過。』

那個聲音好像飄遠了。他疲憊不堪，嘴唇抖動，說不出話。

他自個兒往前走。昨夜的霧水沾濕了他腳下的青草地。一隻披著白色羽毛的小鳥翩躚飛舞，棲息在冬日的枝頭上。

是誰把她送來的？是天堂，還是像她所說的，愛情和夢想是造物以外的法度，人要自己去尋覓？

她來自遠方最遼闊的地平線，就在那一天，她滑過長空，展翅飛落他的肩頭上，不是出於偶然，而是約定。紛紜世事，人們適逢其會，卻又難免一場告別。

（完）

後記

今年初的一個夜晚，我腦海裡浮現了《情人無淚》這個小說的腹稿。那時候，只是想寫一個盲眼女孩和一個深情男孩的故事。原意是把它放在《Channel A》第五集裡作爲一個短篇。往後，想到的情節愈來愈多，一個短篇根本容不下，於是開始考慮把它化作一個長篇故事。

除了書中女主角逐漸失去視力之外，現在的故事，跟那個晚上閃過我腦海的故事，全然不一樣。

爲女主角的病做過一些資料搜集，請教了一位眼科教授。最後，我選擇了『視覺神經發炎』這個病，因爲它會在年輕人身上發生。病人的視力萎縮，可能在幾年之間完全失明。也可能『幸運地』保持現狀。

但是，我始終希望能夠跟一位失明或是漸漸失去視力的女孩子談談，了解一下她的生活。出版社幫我找到了一位患上黃斑性病變，七、八歲時就失去大半視力的女大學生。我和這個女孩子聊了一通電話。她爲人爽快，聲音開朗，而且很了不起地完成了大學，並準備今年往外國升學。放大器這種視障人士的輔助工具，我是從她那裡知道的。

她毫不介意談到自己的病。我們聊到愛情，她羞怯地說，她不想成爲別人的負累。她不是我的讀者，學校裡要讀的書，已經把她的眼睛累壞了，根本不可能再讀課外書。我希望有一天，會有一個人爲她讀書。讀我的小說也好，別人的也好。讀書的時光是幸福的。

搜集了這些資料，便要開始我自己的故事了。我習慣了不到死線也寫不出稿來。每年七月香港書展之前的兩、三個月，往往才是我動筆的日子。這個故事，一直給我耽擱著，當我終於動筆的時候，身邊卻發生了一連串的事。可以說，這是我生命中最動盪的一段日子。我沒料到，香港的時局也同樣動盪。

我的壓力大得難以形容，要處理的家事也一言難盡，而寫作偏偏又是最需要集中精神的。在疲倦和心情沉重的日子，我告訴自己，要是我能克服這個困難，以後也就可以面對更大的困難。

書的名字喚作《情人無淚》，這段日子，我卻不知道掉了多少眼淚。我不得不去面對老、病、死，生命由盛放到凋零的現實。我也不得不去面對交稿的限期。原來，我也是在和時間賽跑。

我得感謝我身邊的親人、朋友和同事幫我處理了許多繁瑣的事情，讓我可以埋頭寫作。

寫作的人也許都是瘋子，痛苦和劫難反而成了創作的養分。和時間的這場賽跑，我終於在限期前衝刺。不過，覺得自己一下子蒼老了三年就是了。那麼，到底是誰贏了？是我還是光陰？

故事寫完了，我覺得我好像是認識徐宏志和蘇明慧的。我同情他們，我也嚮往這樣的愛情。然而，就像小說的結局，紛紜世事，人們適逢其會，卻又難免一場告別。

張小嫻

二○○三年七月二十一日

香港家中

張小嫻最真誠動人的八年心情流轉紀錄

張小嫻作品 28

把天空還給你

決定這本書的書名時，心裡有幾個腹稿，到底是《把天空還給你》呢？還是《把天空送給你》，抑或是《把天空留給你》？第一個書名似乎比較悽惻，第二和第三個比較甜蜜。但我最後選了第一個。我把天空還給你，看似悽惻，何嘗不是一種瀟灑？兩個人相愛的時候，共同擁有一片天空。分開的時候，也只能帶走自己頭上那片雲彩。只要真誠地愛過，真心地付出過，我們會互相祝福，期望對方也有一片晴空。

既然從今以後無法再一起細味生活裡的小哀小樂，唯願你聽我叮嚀，好好生活。

CHANNEL[A]系列

張小嫻作品21

那年的夢想

CHANNEL[A]I

他以為性愛的歡愉是唯一的救贖，原來，真正的救贖只有愛情。

張小嫻作品24

蝴蝶過期居留

CHANNEL[A]II

你相信有永遠的愛嗎？我相信。為什麼？因為相信比較幸福。

張小嫻作品25

魔法蛋糕店

CHANNEL[A]III

我們抬舉了愛情，也用愛情抬舉了自己和對方。當你被愛和愛上別人，你不再是一堆血肉和骨頭，而是一個盛放的靈魂。

國家圖書館出版品預行編目資料

情人無淚／張小嫻著. -- 初版. -- 臺北市：皇冠，2003【民92】
面； 公分. --（皇冠叢書；第3297種 張小嫻作品；29）

ISBN 957-33-1982-9（平裝）

857.7 92014427

皇冠叢書第3297種

張小嫻作品 29

情人無淚

作　　者—張小嫻
發 行 人—平鑫濤
出版發行—皇冠文化出版有限公司
台北市敦化北路120巷50號 電話◎2716-8888
郵撥帳號◎1526151~6號
香港星馬—皇冠出版社(香港)有限公司
總 代 理 香港灣仔告士打道88號19樓
電話◎2529-1778 傳真◎2527-0904
出版統籌—盧春旭
編務統籌—金文蕙
責任編輯—蔡曉玲
美術設計—王瓊瑤
校　　對—鮑秀珍・蔡曉玲
印　　務—林莉莉・林佳燕
著作完成日期—2003年7月
初版一刷日期—2003年9月
初版四刷日期—2003年11月

法律顧問—王惠光律師

讀者服務傳真專線◎02-27150507
皇冠文化集團網址◎http://www.crown.com.tw
電腦編號◎379029
ISBN◎957-33-1982-9
Printed in Taiwan
本書定價◎新台幣200元／港幣67元

動動手指，就能得五十萬！

50皇冠 50週年 嚴選50

皇冠文化集團50週年回饋大抽獎專用回函卡

現金50萬，以及總值10萬、8萬、5萬等五百多項獎品，正等著你輕鬆來拿！皇冠邁向五十週年，送給讀者最大的好禮就是，只要從2003年3月到2004年2月出版的『嚴選五十』好書中，選出任二本剪下書封後摺口上的抽獎專用印花（影印無效），貼在本專用回函卡上寄回本公司（免貼郵票），就可以參加回饋大抽獎（詳細獎項請參見背面）。

回函有效期至2004年2月29日截止（郵戳為憑），並將於2004年3月舉行公開抽獎。詳細辦法可參見皇冠雜誌和皇冠文化集團網站：www.crown.com.tw

◎獨家贊助：達克公爵 GentlemanDuck®

印花黏貼處	印花黏貼處

《情人無淚》

1. 您從何處得知本書？（可複選）
   □書店　□宣傳活動　□報章雜誌　□郵購DM　□網站
   □書評或書介　□親友介紹　□其他：________
2. 您購買本書的動機？（可複選，請以1.2.3……排優先序）
   □封面　□書名　□內容題材　□作者　□廣告
   □系列規劃　□促銷活動　□其他：
3. 您通常透過哪些管道購書？（可複選）
   □書店　□便利商店　□量販店　□網路　□信用卡銀行郵購
   □郵購型錄　□劃撥郵購　□團體訂購　□其他：________
4. 您對本書的意見：________

【讀者資料】

姓名：________　身分證字號：________

性別：□男　□女　生日：____年____月____日

學歷：□國小或以下　□國中　□高中職　□大專　□研究所

通訊地址：□□□

____

聯絡電話：（公）________分機____（宅）________

e-mail：________

皇冠文化集團50週年回饋大抽獎獎項

◎首　獎一名：獨得現金新台幣50萬元整。

◎金典獎一名：獨得達克公爵總值10萬元產品一組
（包含鑽錶、斜背包、後背包、毛皮草側肩包、公事包、皮夾、拉桿箱、抱枕心、洋傘、手機袋等。）

◎銀爵獎一名：獨得達克公爵總值8萬元產品一組（包含鑽錶、公事包、旅行袋、後背包、水桶包、皮夾等。）

◎皇品獎一名：獨得達克公爵總值5萬元產品一組（包含公事包、側肩包、後背包、旅行袋、皮夾、短夾等。）

◎尊御獎一名：獨得達克公爵總值3萬元產品一組（包含大型旅行袋、後背包、萬用皮夾、筆記本、洋傘等。）

◎八銅獎一名：獨得達克公爵總值2萬元產品一組（包含大型旅行袋、後背包、中性襪等。）

◎歷史獎一名：獨得皇冠出版《全新吳姐姐講歷史故事》一套50本。

◎歡樂獎三名：各得侯文詠、蔡康永的有聲書《歡樂三國志》一套20集。

◎傾城獎十名：各得皇冠出版《張愛玲典藏全集》精裝版一套14本。

◎公爵獎五十名：各得達克公爵總值5000元產品一組
（A. 萬用包＋抗UV洋傘，共30名。B. 筆記本＋相片鑰匙圈，共20名。）

◎御鴨獎一百名：各得達克公爵價值2500元零錢包一個。

◎慶生獎一百名：各得達克公爵鑰匙圈＋中性襪或女網襪一組。

◎好看獎一百名：各得皇冠雜誌半年份。

◎讀樂獎一百名：各得皇冠叢書讀樂禮金500元。

◎經典獎一百名：各得《世界十大間諜小説經典》一套10本。

●獎金總值達13333元者，須扣繳15%機會中獎所得稅。●同一讀者以得一獎為限，以較高金額的獎項為準。
●所有獎項以實物為準，照片僅供參考。●皇冠文化集團及協力廠商之員工及其直系親屬不得參加抽獎。
●本抽獎活動僅限台灣地區讀者參加。

北區郵政管理局登
記證北台字1648號
免　貼　郵　票

〔限國內讀者使用〕

105

台北市敦化北路120巷50號

皇冠文化出版有限公司　收